AF309423

L'ALLÉE DES VEUVES

OU

LA JUSTICE EN 1773,

MÉLODRAME

EN TROIS ACTES ET SIX TABLEAUX,

PAR R.-C. GUILBERT DE PIXERÉCOURT,

MUSIQUE DE M. A. PICCINI.

Représenté pour la première fois à Paris, sur le Théâtre de la Gaîté, le 16 mars 1833.

PRIX : 2 FR.

A PARIS,

Chez
P.-J. HARDY, rue du Temple, n° 5.
N. BARBA, Libraire au Palais-Royal.

1833.

<table>
<tr><td>

PERSONNAGES.

</td><td>

ACTEURS.

</td></tr>
<tr><td>

LE CHANCELIER.

M. DUHAMEL, lieutenant-criminel au
    Châtelet.

LE MARQUIS DE LIRAY, capitaine de vaisseau.

ALEXIS, sous le nom du Père Arsène.

LE DOCTEUR.

L'ABBÉ POUPON, fils de la Présidente.

NOBÉ, vieux négociant.

FRANÇOIS, concierge chez M. Duhamel.

UN EXEMPT.

LAFLEUR, Laquais.

GUSTAVE, jeune écolier, personnage muet.

LA PRÉSIDENTE.

HONORINE, épouse d'Alexis.

AGATHE, fille de M. Duhamel.

CLÉMENTINE, fille de la Présidente.

Laquais.

Gens du peuple.

</td><td>

MM. CUDOT.

MARTY.

JOSEPH.

HENRY.

DUMÉNIS.

Mlle CAROLINE.

THÉODORE.

RAYMOND.

SALLERIN.

ALEXANDRE.

Mmes WSANNAZ.

EUGÉNIE SAUVAGE

CLARA.

AURORE.

</td></tr>
</table>

La scène se passe à Paris en 1773.

Impr. de CHASSAIGNON,
rue Gît-le-Cœur, 7.

ACTE PREMIER.

PREMIER TABLEAU.*

Le Théâtre représente un salon du tems de Louis XV.

SCÈNE PREMIÈRE.

AGATHE, Deux Laquais.

Quatre heures sonnent à la pendule qui est sur la cheminée. Un laquais souffle le feu ; un autre place des siéges autour des tables de jeu.

AGATHE, *entrant vivement par la droite.*

Déjà quatre heures ! On est resté bien long-tems à table aujourd'hui. J'ai cru que je finirais par m'endormir. Vous avez laissé le feu s'éteindre, Lafleur ; il ne fait pas chaud ici. Pourquoi Gertrude n'a-t-elle pas donné ses soins à l'arrangement du salon ?

LAFLEUR.

Elle est sortie, Mamzelle.

AGATHE.

Sortie !

LAFLEUR.

Oui, Mamzelle ; Monsieur votre père lui avait permis, il y a huit jours, d'aller entendre prêcher le père Arsène. Il paraît que c'est ben amusant, ces sermons-là ; tout le monde y court.

AGATHE, *avec importance.*

Lafleur, ce que vous dites là est une impiété. Un sermon ne saurait être un amusement ; c'est au contraire une chose fort sérieuse, un cours d'instruction morale et religieuse.

LAFLEUR.

Je ne savais pas, Mamzelle.

AGATHE.

Gertrude n'aurait pas dû profiter de la permission de papa pour s'absenter un jour où nous recevons du monde.

---

* Toutes les indications de *droite* et de *gauche* sont censées prises du parterre. — Les acteurs sont placés au théâtre comme les personnages en tête de chaque scène.

LAFLEUR.

LAFLEUR.

Je lui dirai, Mamzelle.

AGATHE, *à Joseph.*

Laissez, Joseph; j'arrangerai les tables de jeu. Allez chercher le café et qu'il soit bouillant, surtout. (*A Lafleur.*) C'est bien, c'est bien, allez avec Joseph... (*Les deux laquais sortent*) Ce sont de bonnes gens! mais d'une lenteur désespérante. Ils seraient grondés vingt fois par jour, et déjà renvoyés peut-être, si je n'étais sans cesse derrière eux pour réparer leurs bévues. (*Elle va, vient comme une petite femme de ménage. Elle prend les boîtes aux fiches et les place sur la table ainsi que les jeux de cartes.*) Voilà pour les grandes personnes. Maintenant, faisons la part de la jeunesse; la mienne. (*Elle pose un loto sur une petite table basse placée à l'avant-scène, autour de laquelle elle met trois tabourets.*)

SCÈNE II.

AGATHE, L'ABBÉ POUPON.

Pendant que la jeune fille tourne le dos à la droite, l'Abbé entre en tapinois, sur la pointe du pied, et vient l'embrasser sur le cou.

AGATHE, *poussant un cri.*

Ah! (*Elle se retourne.*) C'est vous, Monsieur! je vous trouve bien hardi.

L'ABBÉ, *se frottant les mains avec fatuité.*

Bah! laissez donc. (*à part.*) C'est toujours autant de pris.

AGATHE.

Vous êtes d'une familiarité...

L'ABBÉ.

Toute naturelle en présence d'une jolie femme.

AGATHE.

Quel langage! A vous entendre, on vous prendrait pour un sous-lieutenant de dragons.

L'ABBÉ.

C'est bien malgré moi, si je ne le suis pas. Ah! je troquerais avec délices ce petit collet contre un uniforme! Je le sens, j'ai tout ce qu'il faut pour faire un mauvais sujet.

AGATHE.

N'avez-vous pas de honte?

5

L'ABBÉ.

Moi ! Laissez-moi faire et vous verrez.

*Il s'avance vers Agathe comme pour l'embrasser
encore. Elle recule.*

AGATHE.

Si vous faites un pas de plus, j'appelle, je dis tout à votre
maman et la porte vous sera fermée. Allez lire votre bréviaire,
Monsieur.

L'ABBÉ, *riant aux éclats.*

Mon bréviaire ! c'est le roman à la mode, *Manon Lescaut,
la Nouvelle Héloise*, et j'en change tous les jours.

AGATHE.

Fi ! quelle impiété !.. Vous ne serez jamais qu'un mauvais
prêtre.

L'ABBÉ.

Eh ! bien, c'est ce que je me tue de leur dire ; ça leur est é-
gal. Parce que l'on veut que mon aîné devienne un grand seigneur et qu'il fasse un brillant mariage, on me sacrifie, on me
donne un état pour lequel je n'ai pas la moindre vocation, au
risque de tout ce qui peut en arriver. C'est-il juste ?

AGATHE.

Nous devons obéissance à nos parens.

L'ABBÉ.

Je voudrais bien voir que l'on vous fît religieuse pour aug-
menter la part de votre frère.

AGATHE.

Je ne demanderais pas mieux. Si papa n'avait pas exigé que je
vinsse me mettre à la tête de sa maison, je serais restée au couvent avec le plus grand plaisir.

L'ABBÉ.

Je vous en fais mon compliment ; moi, c'est autre chose.
Mais ils verront ! on me contrarie ! on m'immole ! je me révol-
terai... je ferai des sottises... et pour commencer...

Il fait mine de vouloir la saisir.

AGATHE, *se sauvant à gauche et avançant les bras d'une façon
comique.*

Monsieur Poupon ! n'avancez pas, je vous le défends.

L'ABBÉ.

Oh ! la belle attitude ! vrai, vous êtes adorable ! il faut absolument que je vous embrasse.

A'GATHE.

Mauvais sujet!.. On sort de table, vous serez bien forcé d'être sage.

> On entend venir de la salle à manger. L'Abbé se
> sauve vers la droite, compose son maintien, et
> tire un petit livre de sa poche, après avoir brossé
> sa veste avec une petite vergette à miroir.

SCÈNE III.

AGATHE, M. DUHAMEL, LA PRÉSIDENTE, M. DE LIRAY, CLÉMENTINE, L'ABBÉ, Trois Dames, Un Officier, Trois Personnages en habit brodé.

Entrent d'abord M. Duhamel, donnant la main à la Présidente ; puis M. de Liray et une dame, ensuite, les autres messieurs conduisant des dames. Les femmes portent des demi paniers et des coiffures à chignon poudrées. On procède avec gravité selon les us et coutumes du tems.

M. DUHAMEL, *en entrant.*

Agathe, le café. (*à Poupon qu'il aperçoit.*) Pourquoi donc êtes-vous sorti de table avant nous ?

> Il conduit la Présidente à un siége.

L'ABBÉ.

Monsieur... (*à part.*) Les drôles de figures ! Oh ! le petit cousin ! parfait ! quel aplomb pour un écolier de rhétorique !

> A mesure que les convives rentrent au salon, ils saluent
> les dames qui s'asseyent.

AGATHE, *court au-devant des laquais et les dirige.*

LA PRÉSIDENTE.

Merci, mon cœur. En vérité, mon cher Duhamel, votre Agathe est charmante. On voit bien qu'elle a été élevée au couvent ! c'est là seulement que se font les bonnes éducations. C'est là que l'on apprend aux jeunes personnes à pratiquer toutes vertus.

L'ABBÉ, *à part.*

Et surtout l'amour du prochain.

> On verse le café et la liqueur.

M. DE LIRAY, *s'asseyant et remuant le sucre de sa tasse.*

Le café assis ! c'est la consigne des gourmets.

LA PRÉSIDENTE.

M. de Liray est toujours dans les bons principes.

M. DUHAMEL.

Ma fille, tu n'as pas offert de café à mademoiselle Clémentine.

CLÉMENTINE.

Je vous remercie, Monsieur; je suis encore au canard.

LA PRÉSIDENTE.

Tenez, ma fille.

> Elle donne à sa fille un morceau de sucre légère-
> ment imbibé de café.

L'ABBÉ.

Mais j'en prends, moi. Mademoiselle Agathe m'a oublié. (*à
part.*) Il faudra qu'elle vienne auprès de moi et je lui baiserai
les mains.

AGATHE.

Lafleur, un quart de tasse à l'abbé Poupon.

L'ABBÉ, *à part.*

Petite maligne! elle m'a deviné, mais je la rattraperai.

M. DE LIRAY, *savourant sa tasse de café.*

Quel arôme! je n'en ai pas pris de meilleur dans l'Inde.

M. DUHAMEL.

Je le crois sans peine, mon ami; celui-là en vient, vous me
l'avez donné pour du Moka première qualité.

M. DE LIRAY.

Eh quoi! c'est encore de cette petite balle que je vous rap-
portai il y a cinq ans?.. Vous êtes trop économe.

M. DUHAMEL.

Je n'en offre qu'aux vrais amis et les occasions sont rares.

M. DE LIRAY.

Ne vous en gênez pas. Ma frégate met à la voile la semaine
prochaine pour l'île de France, et je me charge de renouveller
votre provision. Parbleu! cela me fait penser que mon domestique n'est pas de retour.

AGATHE.

Pourquoi donc n'est-il pas venu vous servir comme de cou-
tume, ce bon Germain?

M. DE LIRAY.

Il m'a demandé la permission d'aller faire ses adieux à son
vieux père qui habite Versailles, et je n'ai pu m'opposer à ce
pieux désir, bien naturel à la veille d'un grand voyage. Toutefois, je l'ai vu partir avec peine. Depuis quelques jours, il
souffre beaucoup de son athsme, il éprouve de fréquentes suf-
focations! ce tems nébuleux lui est tout-à-fait contraire... La

voiture lui fait mal, et je serais désespéré que sa santé le mît dans l'impossibilité de m'accompagner. Depuis trente ans, il m'a suivi partout. S'il me fallait faire sans lui cette longue traversée, j'en serais inconsolable.

LA PRÉSIDENTE.

Ah ! je le conçois ; un bon domestique est un vrai trésor. Ma femme de chambre m'a vu naître...

CLÉMENTINE.

Aussi est-elle la maîtresse de la maison.

L'ABBÉ, *à part.*

Oh ! miracle ! elle a parlé.

> Pendant toute cette causerie, on a pris le café, la liqueur et rendu les tasses que les laquais emportent.

AGATHE, *à son père.*

Papa, va-t-on jouer ?

LA PRÉSIDENTE, *à M. Duhamel.*

Volontiers...

M. DUHAMEL.

Oui, arrange d'abord le reversis de madame la présidente, M. de Liray, M. de Lostange, et M. de Saint-Rémy, ses habitués, tu sais.

AGATHE.

Oui, papa.

> Elle présente des fiches aux personnes désignées.

LA PRÉSIDENTE,

Merci, ma belle enfant. Voyez, Clémentine, prenez exemple sur Mademoiselle Duhamel... Il y a deux mois à peine qu'elle a quitté le couvent, et déjà elle fait les honneurs à merveille.

L'ABBÉ, *à part.*

Je vais prendre d'avance ma place au loto.

> Il traverse la scène et vient occuper un des tabourets placés à l'avant-scène de gauche, pendant que l'on s'assied dans le fond à la table de reversis. Clémentine s'assied près de sa mère.

LA PRÉSIDENTE.

Et votre trictrac, M. Duhamel ?

M. DUHAMEL.

J'attends le Docteur, il me doit une revanche.

> Les personnes qui ne jouent pas sont assises au fond et causent.

AGATHE.

Madame la Présidente veut-elle permettre à Clémentine de jouer au loto avec M. Gustave et moi ?

LA PRÉSIDENTE.

Certainement. Allez, Clémentine, et tenez-vous droite.

CLÉMENTINE.

Oui, maman.

Elle fait une révérence profonde. Gustave lui offre la main pour la conduire en cérémonie à la table de loto.

AGATHE, *à l'Abbé*.

Mille pardons, Monsieur l'Abbé, nous n'aurons pas l'honneur de faire votre partie ; M. Gustave est le seul homme que nous admettions.

L'ABBÉ.

Vous appelez cela un homme ?.. Pourquoi donc cette exception? c'est très-malhonnête.

AGATHE, *avec malignité*.

Vous êtes trop fort et trop adroit pour nous.

Agathe et Clémentine lui font une révérence moqueuse, il est obligé de se lever et de quitter le tabouret.

L'ABBÉ, *à M Duhamel*.

Défendez-moi donc, Monsieur.

M. DUHAMEL.

Ah! vous le voyez, mon ami, l'opposition est en minorité.

Les demoiselles, enchantées de leur petite espièglerie, se placent. Gustave est au milieu. On passe le sac à Clémentine, elle tire les numéros, et le loto va son train.

L'ABBÉ, *à M. Duhamel*.

C'est une horreur ! cela crie vengeance. Souffrez que je vous le dise, il est scandaleux que chez vous, l'un des chefs de la magistrature, lieutenant-criminel au Châtelet, on offense le clergé dans ma personne.

Rire général.

LA PRÉSIDENTE.

Chut ! chut!.. la petite table est bien bruyante.

AGATHE.

C'est M. Gustave, Madame.

CLÉMENTINE.

Oui, maman.

M. DUHAMEL, *à Poupon*.

Savez-vous ce que je ferais à votre place, pour punir les ingrates qui vous repoussent ?

L'ABBÉ.

Non. Qu'est-ce que vous feriez ?

M. DUHAMEL.

J'irais aux Célestins entendre le sermon du père Arsène.

L'ABBÉ, *à part.*

Jolie compensation que vous m'offrez là !

LA PRÉSIDENTE.

M. Duhamel vous donne un excellent conseil, mon fils.

L'ABBÉ, *à part.*

Beau plaisir, vraiment !

LA PRÉSIDENTE.

Allez, mon ami, vous nous rapporterez des nouvelles de notre cher prédicateur, et vous reviendrez plus sage de moitié.

AGATHE, *malicieusement.*

Pourquoi pas tout-à-fait, Madame ?

L'ABBÉ.

Merci, il est trop tard, je ne trouverais point de place.

SCÈNE IV.

AGATHE, GUSTAVE, CLÉMENTINE, L'ABBÉ, DUHA-MEL, LA PRÉSIDENTE, M. DE LIRAY, PERSONNAGES MUETS, LE DOCTEUR.

LAFLEUR, *entrant.*

M. le Docteur.

LE DOCTEUR, *à M. Duhamel.*

Vous m'attendez, n'est-ce pas mon ami ?

M. DUHAMEL.

C'est vrai.

LE DOCTEUR, *il salue les dames.*

Hommage bien humble à toutes ces dames... (*A la Présidente.*) Ah ! Madame la Présidente... (*Il lui baise la main.*) Ces chères santés sont excellentes, à ce que je vois ?

LA PRÉSIDENTE.

Excepté la mienne, Docteur, plaignez-moi ; je me meurs ! je vais gorger quinola.

Elle abat son jeu.

LE DOCTEUR.

A cela je ne vois qu'un remède.... c'est de ne pas jouer au reversis. (*On rit.*) Qu'avez-vous donc, l'Abbé ? vous faites la moue.

AGATHE.

On veut l'envoyer au sermon du Père Arsène pour le rendre meilleur.

LE DOCTEUR.

Je ne garantirais pas l'effet du sermon.

L'ABBÉ.

Vous aussi, Docteur! Si la Faculté s'en mêle, je n'en releverai pas. Tout le monde aujourd'hui m'accable.

LE DOCTEUR.

Les jeunes caractères ont besoin d'être formés. Mais soyez tranquille, j'arrive à propos pour vous empêcher d'aller aux Célestins ce soir. J'en viens, moi qui vous parle, car, en ma qualité de médecin du couvent, je suis un admirateur zélé du père Arsène.

M. DUHAMEL.

Eh bien?

LE DOCTEUR.

L'église était comble... Toutes les jolies femmes de Paris semblaient s'être donné rendez-vous. Selon toute apparence même elles s'étaient abstenues de dîner pour conquérir les meilleures places afin de voir de plus près le beau Célestin, car, soit dit sans trop de malice, il se mêle bien quelques pensées mondaines au vif empressement de nos jeunes dévotes.

LA PRÉSIDENTE, *avec sévérité.*

Passez, Docteur, abrégez les commentaires, et pour cause.

LE DOCTEUR, *regardant du côté des Demoiselles.*

Vous avez raison. Or, jugez du désapointement de ces grandes dames, quand, au lieu du Père Arsène, on a vu monter en chaire un vieux religieux, le sacristain je crois, qui a marmoté d'une voix nazillarde les prières du soir et a pris congé de cette noble assemblée en lui donnant sa bénédiction. Il fallait entendre les murmures et regarder les mines décomposées. J'en ai ri comme un fou...

LA PRÉSIDENTE.

Comment, Docteur?

LE DOCTEUR.

Dehors, s'entend.

LA PRÉSIDENTE.

A la bonne heure!

LE DOCTEUR, *bas et gaîment à M. Duhamel.*

Je ne dirai pas ceci tout haut, de peur de scandaliser Madame la Présidente, et aussi par égard pour ces oreilles chastes. (*Il montre les Demoiselles. L'Abbé s'est approché du Docteur par derrière et écoute.*) Mais je me suis cru dans une salle de spectacle au moment où l'on vient annoncer que la pièce en vogue est remplacée par une vieillerie, ou que la première chanteuse est indisposée; c'était absolument la même chose, sans égard pour le saint lieu.

LA PRÉSIDENTE.

Et sait-on pourquoi les fidèles ont été privés d'entendre ce prédicateur si justement admiré de toutes les ames pieuses ?

LE DOCTEUR.

Des personnes qui se prétendaient bien informées m'ont dit que le Père Arsène avait consacré cette journée tout entière à visiter les maisons opulentes du Marais pour faire une quête au profit de malheureux incendiés réduits à la dernière misère.

LA PRÉSIDENTE.

C'est très-bien. Il a pensé avec raison que les cœurs qui s'attendrissent aux accens de sa voix éloquente, ne refuseraient pas de contribuer à cette bonne œuvre.

LE DOCTEUR, *à M. Duhamel*

Vous ne l'avez pas encore vu, mon ami ?

M. DUHAMEL.

Non.

LE DOCTEUR.

Il est probable qu'il vous viendra dans la soirée.

LA PRÉSIDENTE.

Tant mieux. Je serai ravie de voir de près cette phisionomie si expressive, si noble, si... Attendez donc, Docteur, conseillez-moi. Cœur! carreau! pique! reversis. Soixante fiches chacun, Messieurs. Il a été bien joué celui-là, convenez-en.

AGATHE.

Docteur! est-ce que vous dédaignez la petite partie ? Vous ne nous dites rien, ce soir. Cependant j'aime beaucoup les nouvelles, vous le savez. Que dit-on dans Paris? quel est le bruit du jour !

LE DOCTEUR.

On s'entretient partout des lettres de Jérusalem.

AGATHE.

Des lettres de Jérusalem ! qu'est-ce que cela?

LE DOCTEUR.

On appelle ainsi des lettres anonymes qui circulent depuis quelque tems dans la Capitale, et par lesquelles on enjoint aux personnes qui les reçoivent de déposer à telle heure de la nuit, dans tel endroit, une somme d'argent plus ou moins considérable, selon les facultés présumées de l'individu.

AGATHE *et* CLÉMENTINE.

Oh !

LE DOCTEUR.

On menace de les assassiner si elles n'obéissent pas ponctuellement, et le même sort attend tôt ou tard ceux qui oseraient dénoncer ces manœuvres coupables à l'autorité ou en parler seulement à qui que ce soit.

AGATHE *et* CLÉMENTINE.

Assassiner ! bon Dieu ! on ne l'oserait pas.

LE DOCTEUR.

Malheureurement on l'a osé. Un nommé Dudoyer qui avait reçu une de ces lettres il y a quelques mois, et qui l'avait portée à la connaissance du Lieutenant-Général de Police, a été trouvé mort devant sa maison et percé de plusieurs coups de poignard.

AGATHE *et* CLÉMENTINE.

C'est affreux.

M. DUHAMEL.

Cette aventure a fait grand bruit. Elle a donné lieu à beaucoup de conjectures et de recherches.

AGATHE.

J'étais au couvent alors, et les bruits du monde ne franchissent guères l'enceinte des cloîtres.

LE DOCTEUR.

Il m'a toujours paru fort étonnant que l'on n'ait pu découvrir les assassins de ce malheureux Dudoyer. Cependant M. le Chancelier est fort sévère, il n'a rien négligé.

M. DUHAMEL.

On accuse légèrement les magistrats. Leurs fonctions sont bien difficiles et par fois bien pénibles.

LE DOCTEUR.

Changeons de conversation. Allons, mon ami, au trictrac.

SCÈNE V.

LES MÊMES, LAFLEUR.

LAFLEUR.

Le révérend Père Arsène est en bas.

TOUT LE MONDE.

Le Père Arsène !

LAFLEUR.

Il demande si Monsieur veut le recevoir.

M. DUHAMEL.

Sans doute. L'Abbé, allez au-devant du Père Arsène.

L'ABBÉ.

Oui, Monsieur.

Il sort en courant.

LA PRÉSIDENTE, *avec enthousiasme.*

Le Père Arsène!.. Vîte, quittons le jeu., (*Elle se lève.*) de peur de scandaliser ce saint homme. N'est-ce pas, M. Duhamel? Otez ce loto, Mesdemoiselles... (*A Clémentine.*) Tenez-vous là, ma fille, les yeux baissés et les mains jointes. Cette maison est à jamais bénie.

On se range sur deux lignes, les femmes à gauche, les hommes à droite. Tous les regards sont fixés sur la porte.

SCÈNE VI.

AGATHE, CLÉMENTINE, L'ABBÉ, LE DOCTEUR, DUHAMEL, M. DE LIRAY, LA PRÉSIDENTE, etc., *puis* LE PÈRE ARSÈNE *accompagné d'un autre religieux de son Ordre.*

LE PÈRE ARSÈNE.

Il marche avec gravité et salue profondément l'assemblée qui s'incline avec respect.

Que la paix du Seigneur soit avec vous. (*A M. Duhamel qui s'est avancé.*) C'est **M.** Duhamel que j'ai l'honneur de saluer?

M. DUHAMEL.

Oui, mon Père.

Tous les personnages contemplent avec avidité le religieux.

LE PÈRE ARSÈNE.

Un motif pieux m'amène vers vous.

M. DUHAMEL.

Je le sais.

LE PÈRE ARSÈNE.

Un de nos religieux, revenant d'une mission évangélique, a été témoin d'un affreux malheur. Le village de Saint-Vallier dans les Vosges vient d'être entièrement détruit par le feu. L'église seule a été préservée. C'est là que le lendemain de ce grand désastre l'apôtre du Seigneur a versé le baume de notre sainte religion dans l'âme de ces infortunés demeurés sans bien et n'ayant plus d'autre asile que la voûte du ciel et la maison de Dieu.

Un cri général et lamentable s'élève.

TOUT LE MONDE.

Pauvres gens !

LE PÈRE ARSÈNE.

Fort de la compassion des âmes charitables qui peuplent la Capitale, il a osé promettre à ces malheureux incendiés que leurs chaumières seraient toutes relevées avant un mois. Sans doute il n'a pas trop présumé de la généreuse pitié qui anime tant de nobles cœurs, et vos secours viendront à l'appui de sa prédiction.

Murmure approbateur à travers lequel on distingue ces mots :

TOUT LE MONDE.

Certainement !.. Pauvres malheureux !.. C'est un devoir.

LE PÈRE ARSÈNE.

De quelque nature que soient vos offrandes, elles seront accueillies avec reconnaissance par ces infortunés. Effets, meubles, argent, objets de construction, tout leur sera utile. (*On fait un mouvement général pour offrir de l'argent.*) Le Père Prieur, en nous confiant l'honorable mission d'émouvoir votre pitié en leur faveur, nous a défendu d'accepter vos dons. Ils devront être adressés à M. de Sauvigny Intendant de Paris, qui les fera parvenir à M. l'Intendant de Lorraine.

M. DUHAMEL.

Dès demain, mon Père, nous nous empresserons de répondre à ce pieux appel.

LE PÈRE ARSÈNE.

Que Dieu vous le rende. Nos prières appelleront sur vous et sur vos familles la bénédiction du ciel.

Il salue et se retire. Les femmes sont enchantées. M. Duhamel le reconduit jusqu'en dehors de l'appartement.

SCÈNE VII.

LES MÊMES, *excepté* **DUHAMEL** *et* **LE PÈRE ARSÈNE.**

LA PRÉSIDENTE.

Quel noble maintien ! quel heureux choix d'expressions ! comme sa voix est touchante ! (*Elle présente sa bourse à l'un des messieurs.*) Tenez, Monsieur, voilà ma bourse tout entière. Chargez-vous de la remettre à M. de Sauvigny, vous le voyez tous les jours. Allons, Mesdames, imitez mon exemple.

Tout le monde imite la Présidente.

L'ABBÉ, *à part*

Je n'ai que 24 sols, c'est juste pour un billet de parterre.
(*Haut, à celui qui fait la collecte.*) Désolé, Monsieur. .

M. DE LIRAY.

Madame la Présidente, puisque votre partie est dérangée,
consentez, je vous prie, à en remettre la fin à un autre jour.
Mademoiselle Agathe voudra bien prendre note de l'état de
nos paniers.

AGATHE.

Avec grand plaisir.

M. DE LIRAY.

Il faut que je rentre chez moi. Je suis inquiet; il me tarde de
savoir si mon vieux Germain est revenu de Versailles.

LA PRÉSIDENTE.

Vous m'avez prévenue. Nous aussi nous sommes obligées
de rentrer de bonne heure. Clémentine doit accomplir bientôt
un des saints devoirs de la religion, et nous procédons chaque
soir à son instruction.

L'ABBÉ, *à part.*

Moi, je vais prendre bien vite mon costume de ville, et
j'aurai le temps de voir encore la pièce de l'abbé de Voisenon,
à la Comédie Italienne. Cela m'amuse beaucoup plus que les
sermons du père Arsène.

AGATHE, *à Clémentine.*

Déjà se dire bonsoir! c'est bien dommage; mais je prierai
papa de me conduire chez vous demain. Adieu, ma chère
amie.

CLÉMENTINE.

Adieu, ma chère amie.

> Elles s'embrassent. Pendant cette dernière partie
> de la scène, tout le monde a pris sa canne, son
> chapeau; son manchon, sa pelisse. On n'attend
> plus, pour partir, que le retour de M. Duhamel.

SCÈNE VIII.

LES MÊMES, M. DUHAMEL.

M. DUHAMEL, *rentrant.*

Quoi! vous partez déjà? il est à peine six heures.

LA PRÉSIDENTE.

Indépendamment des autres motifs, il n'est pas prudent de
s'attarder. Bonsoir, mon ami.

M. DUHAMEL.

Je vous présente mon hommage.

CLÉMENTINE.

Monsieur, vous seriez bien bon de m'amener Agathe demain.

M. DUHAMEL.

Je n'y manquerai pas, ma belle demoiselle.

L'abbé profite du moment où tout le monde est tourné vers la porte du fond, pour venir, en se baissant, prendre la main d'Agathe, et la baiser à plusieurs fois. Puis il se sauve, et se présente à M. Duhamel.

L'ABBÉ, *à M. Duhamel.*

Bonne nuit, Monsieur. (*D'un air composé.*) Bonsoir, Mademoiselle Agathe.

AGATHE *à part.*

Hypocrite !

Tout le monde sort.

CLÉMENTINE.

Est-ce que tu ne viens pas nous reconduire, Agathe ?

AGATHE.

Pardon, me voilà.

Elle sort.

SCÈNE IX.

DUHAMEL, *assis à gauche, devant la cheminée.*

Les paroles du docteur ont porté le trouble dans mon âme. Le crime est si ingénieux, si hardi !.. il parvient trop souvent à mettre en défaut la surveillance de l'autorité, et la perspicacité des magistrats. Ces lettres mystérieuses vont encore donner lieu à des ordres sévères que je n'exécute jamais sans éprouver un sentiment pénible.

SCÈNE X.

DUHAMEL, AGATHE.

AGATHE.

Papa, il y a là un homme d'un certain âge et d'un extérieur honnête, qui demande à vous parler à l'instant même, et en particulier. C'est, dit-il, pour une affaire très-grave, et qui intéresse votre ministère.

M. DUHAMEL.

Qu'il entre.

AGATHE.

Entrez, Monsieur.

M. DUHAMEL.

Laisse-nous, ma fille.

AGATHE, à part.

Pendant que papa est occupé, je vais faire une visite à la petite dame du quatrième.

⌇⌇⌇⌇⌇⌇⌇⌇⌇⌇⌇⌇⌇⌇⌇⌇⌇⌇⌇⌇⌇⌇⌇⌇⌇⌇⌇⌇⌇⌇

SCÈNE XI.

DUHAMEL, NOBÉ.

NOBÉ.

Je vous demande pardon, Monsieur le lieutenant-criminel, si j'ai insisté pour avoir l'honneur d'être admis auprès de vous ; mais déjà deux fois je me suis présenté aujourd'hui. A midi, vous n'étiez pas revenu du Châtelet ; plus tard, vous étiez à table, et le motif qui m'amène est urgent.

M. DUHAMEL.

De quoi s'agit-il, Monsieur ?

NOBÉ.

Avant de vous le dire, Monsieur, permettez que je vous supplie, au nom de tout ce qui vous est cher, de ne désigner à personne l'auteur de la révélation que je vais vous faire. Il y va de ma vie.

M. DUHAMEL.

Comptez sur ma discrétion, et parlez en toute confiance.

NOBÉ.

J'ai reçu ce matin la lettre que voici. (*Il la présente.*) Elle m'enjoint de déposer, aujourd'hui avant huit heures du soir, cent louis en or, au pied du cinquième arbre de l'allée des Veuves, du côté de la rivière. Vous voyez ; on menace de m'assassiner comme Dudoyer et de la même main, si je n'obéis point à cet ordre, et si j'en donne avis à la justice.

Il donne la lettre à Duhamel, qui la lit.

M. DUHAMEL.

Avez-vous parlé de cette lettre à quelqu'un ?

NOBÉ.

A personne, Monsieur. J'ai même pris les plus grandes

précautions pour venir chez vous. J'ai changé deux fois de voiture, et fait plusieurs détours. Je ne crains donc pas que l'on me soupçonne de vous avoir fait un rapport.

M. DUHAMEL, *regardant la suscription de la lettre.*

M. Nobé, ancien marchand de draps, rue des Bourdonnais. C'est bien là votre adresse ?

NOBÉ.

Oui, Monsieur.

M, DUHAMEL.

Je connais cette maison ! (*après avoir réfléchi.*) Monsieur Nobé, avez-vous cent louis en or chez vous ?

NOBÉ.

Oui, Monsieur.

M. DUHAMEL.

Et l'avez-vous dit à quelqu'un ?

NOBÉ.

A une seule personne.... Je l'ai dit à un camarade d'enfance, fils d'un fermier du village où je suis né. Entré à dix-huit ans dans la marine, il a été distingué par M. de Liray, maintenant capitaine de vaisseau, qui se l'est attaché, lui a donné toute sa confiance, et le regarde pour ainsi dire comme son ami.

M. DUHAMEL.

Il se nomme Germain.

NOBÉ.

Oui, Monsieur, Germain Pitou. Comment savez-vous cela ?

M. DUHAMEL.

M. de Liray est aussi mon ancien camarade, mon condisciple. Il sort à l'instant de chez moi. Continuez.

NOBÉ.

Ayant rencontré Germain, il y a quelques jours, je le consultai sur l'emploi de cette somme, que je voulais convertir en rentes sur l'Hôtel-de-Ville. Il m'en détourna, en me disant qu'il me trouverait un placement plus avantageux, auprès de quelque jeune seigneur de la cour, et me promit d'en parler à son père, qui habite Versailles. Il me pria, en tout cas, de ne point prendre de parti définitif avant le départ de M. de Liray, qui consentirait peut-être à se charger de ma petite somme, pour la faire valoir dans l'Inde. Nous nous quittâmes, et je ne l'ai point revu.

M. DUHAMEL.

Vous ne soupçonnez pas qu'il soit l'auteur de cette lettre anonyme ?

NOBÉ.

Oh non ! c'est un brave et digne homme, que je connais
depuis cinquante ans, et sur lequel on n'a jamais dit un mot.
Pourtant, il est bien vrai que je n'ai parlé qu'à lui seul de cet
argent, qui provient d'un remboursement inattendu. Je ne
l'ai pas même dit à ma femme.

M. DUHAMEL, *regardant la pendule.*

C'est bien. Allez, sans perdre un moment, déposer vos
cent louis à l'endroit indiqué.

NOBÉ.

Non pas, Monsieur. D'abord, je ne me soucie pas de perdre
mon argent, sans compter les autres risques.

M. DUHAMEL.

Je vous réponds de tout, n'ayez pas la moindre crainte. (*Il
sonne. Un domestique paraît.*) Ma voiture. (*A Nobé.*) Je suis
à vous.

Il entre à gauche.

NOBÉ, *seul.*

Joli conseil qu'on me donne là.... Porter mes cent louis ! je
m'en garderai bien ; ce serait autant de perdu.

M. DUHAMEL, *sortant de son cabinet.*

Tenez, M. Nobé, voici la somme que l'on vous demande.
Vous vous engagez d'honneur à la porter sans le moindre retard ?

NOBÉ.

Je m'y engage d'honneur, moyennant que vous me garan-
tissez...

M. DUHAMEL.

De tout danger, croyez-en ma parole. Rendez-vous bien
vite à l'allée des Veuves. Moi, je vais chez Monseigneur le
lieutenant-général de police, pour concerter avec lui les me-
sures nécessaires à votre sûreté.

Ils sortent.

DEUXIÈME TABLEAU.

*Le théâtre représente une chambre à moitié démeublée dans une
mansarde. Sur une chaise, à gauche, est un habit complet de
moine célestin. Au fond, dans une alcôve, un lit, au pied duquel est une bercelonnette. Près de l'alcôve, à gauche, une porte*

secrète perdue dans la tapisserie. A droite, la porte qui donne sur l'escalier. — Il est neuf heures du soir. Une faible lampe éclaire la scène.

SCÈNE PREMIÈRE.

HONORINE, *devant le berceau de son enfant, et dans une attitude désespérée.*

Pitié, mon Dieu, pitié pour mon fils !.. Le chagrin, la misère, la faim ont tari, pour cette innocente créature, les sources de la vie !.. Pauvre mère ! ton enfant t'a repoussée... c'est par des cris qu'il répond à tes larmes... on dirait que sa faible intelligence a compris mon malheur... (*Elle regarde son enfant.*) Mais il se meurt ! mon Dieu ! il se meurt ! une fièvre brûlante le consume ; elle aura bientôt dévoré sa frêle existence, et Alexis ne revient pas ! Dans un moment, m'a-t-il dit, il devait nous apporter des alimens... et trois heures se sont écoulées depuis son départ. Trois heures d'agonie ! oh ! que les minutes sont lentes à une mère qui tremble de sentir la vie de son enfant s'exhaler dans chaque baiser qu'elle lui donne !.. Tout ce que nous possédions a été vendu... cette croix qui vient de ma mère, est le seul objet précieux que j'aie conservé... je n'ai pu me résoudre encore à m'en séparer... Cependant, si mon Alexis ne revient pas cette nuit, demain j'en ferai le douloureux sacrifice, et ce ne sera pas sans répandre bien des larmes. (*On frappe doucement.*) J'entends du bruit ; c'est lui, sans doute. (*Elle se retourne vivement, et monte du côté de la porte secrète. — On frappe plus fort à droite.*) Hélas ! non, pas encore. Jamais il ne vient de ce côté.

SCÈNE II.

HONORINE, AGATHE.

HONORINE, *près la porte à droite.*

Qui est là ?

AGATHE, *en dehors.*

Ouvrez, s'il vous plaît. (*Honorine ouvre.*) Pardon, Madame.

HONORINE,

Qui êtes-vous, ma belle demoiselle ? je n'ai pas l'honneur de vous connaître.

AGATHE.

On me nomme Agathe. Je suis la fille de M. Duhamel, lieutenant-criminel au Châtelet, et qui occupe le premier étage de cette maison. J'ai appris ce matin qu'une jeune femme, doublement intéressante par son malheur et sa bonne conduite, était menacée de perdre son enfant. Mon cœur s'en est ému, et j'ai osé croire que vous seriez assez bonne pour ne pas refuser les secours que je viens vous offrir. Je serai bien heureuse, si je puis apporter quelque soulagement à vos peines.

HONORINE, *avec âme.*

Merci! merci!..

AGATHE.

Je ne fais que remplir un devoir prescrit par la Religion; mais ce cher enfant, ne puis-je...

HONORINE, *la conduisant vers le lit.*

Le voilà, Mademoiselle.

AGATHE.

Pauvre petit! il paraît bien souffrant.

HONORINE, *sangloltant.*

Il se meurt.

AGATHE.

N'avez-vous donc pas de médecin?

HONORINE.

Hélas! je ne puis m'absenter pour en aller chercher un. Ce matin, la portière est montée, et je l'avais priée de me rendre ce service; mais je n'ai vu personne encore.

AGATHE.

Attendez, Madame. Le médecin de la maison demeure près d'ici, je vais prier papa de l'envoyer chercher.

HONORINE.

Ah! je vous devrai plus que la vie!

AGATHE.

Courage, ne vous affligez pas.

HONORINE *la laisse aller, puis la rappelle. Elle baisse les yeux en parlant.*

Pardon, Mademoiselle... vous êtes si bonne! un peu de lait pour mon enfant.

AGATHE.

Oui, oui, tout de suite... Que ne l'avez-vous dit d'abord?

HONORINE, *lui baisant les mains.*

Dieu, je l'espère, se chargera de vous récompenser.

Agathe sort en courant.

SCÈNE III.

HONORINE, *seule*.

Le Ciel ne m'a point abandonnée, puisqu'il m'envoye cet ange! Mais Alexis!.. qui peut occasionner ce retard?.. Il était à peine sept heures quand il est venu échanger ce vêtement religieux contre ses habits de ville. Jamais je ne l'avais vu agité à ce point! A peine s'est-il informé de l'état de son fils... du mien... il avait l'œil hagard... là parole tremblante. Il m'a fait peur, et je n'ai pas osé l'interroger... Serais-je encore menacée de quelque nouveau malheur?.. Je croyais cependant avoir épuisé la coupe de l'adversité. Ni alimens... ni travail!.. pas la moindre ressource... et mon fils expirant... Ah! c'est trop de douleurs à-la-fois.

On frappe.

SCÈNE IV.

HONORINE, FRANÇOIS.

FRANÇOIS, *présentant à Honorine un pot-au-lait élégant.*
Voilà ce que mamzelle Agathe envoie à madame.

HONORINE.
Dites-lui bien que je la remercie de toute mon âme.

FRANÇOIS.
Je n'y manquerai pas. (*Fausse sortie.*) Ah! mamzelle m'a encore chargé de vous dire que monsieur son Père se ferait l'honneur de vous visiter.

HONORINE.
C'est trop de bonté!

FRANÇOIS.
Ça suffit. Je n'y manquerai pas. (*Il sort,*)

SCÈNE V.

HONORINE, *puis* ALEXIS.

HONORINE.
Elle prend une cuiller, et vole au berceau. On la voit soulever son enfant, et lui présenter du lait.

Cher enfant! puisse ce lait ranimer ta vie! (*La musique*

exprime un bruit lointain d'abord, et qui augmente en s'appro-chant. — Le placard qui est à gauche de l'alcôve s'ouvre avec violence. — Alexis, effaré, entre brusquement, ferme au verrou la cloison en briques pratiquée dans le mur de la chambre voisine, et replace le placard. — Au bruit que fait Alexis, Honorine s'est écriée avec joie) : **Enfin, le voilà!..**

ALEXIS *jette un rouleau sur la table, en disant d'une voix altérée:*

Tiens, Honorine, voilà de l'or... Ni toi, ni ton fils, vous ne connaîtrez plus les angoisses de la faim.

> Il ôte son manteau, son chapeau, et tombe accablé sur une chaise à l'avant-scène.

HONORINE.

> Honorine, qui est accourue à la rencontre d'Alexis, s'arrête interdite à ces derniers mots.

Quelle voix sinistre!.. quel air sombre!.. Alexis! mon ami, que t'est-il arrivé?

ALEXIS.

Rien.

HONORINE.

Tu me trompes.

ALEXIS, *s'efforçant de se remettre.*

Rien... rien qui te doive effrayer.

HONORINE.

Tu voudrais vainement abuser ma tendresse... ta pâleur... ces traits décomposés... tes yeux qui se détournent de moi... tu as fait quelque rencontre fâcheuse... tu as vu quelqu'un de ta famille, de la mienne... Nous allons éprouver de nou-velles persécutions.

ALEXIS.

Je l'ai craint un moment; mais je suis tout-à-fait rassuré à cet égard.

HONORINE.

La sueur couvre ton front...

> Elle l'essuie avec son mouchoir.

ALEXIS.

C'est la suite d'une course longue et précipitée.

HONORINE.

D'où viens-tu donc?..

ALEXIS.

Du faubourg Saint-Honoré.

HONORINE.

Pourquoi si loin?

ALEXIS.

M. Duvivier, sur lequel je comptais pour obtenir un secours momentané, était absent, et il m'a fallu courir chez un autre ami, qui m'a prêté cet or.

HONORINE.

Il fallait au moins prendre une voiture.

ALEXIS.

La prudence me le défendait.

HONORINE.

Mais pourquoi te fatiguer à ce point ?

ALEXIS, tendrement.

Je pensais à toi... à notre fils... Vous m'attendiez tous deux... pouvais-je arriver trop tôt? Pour mieux me dérober aux regards, j'avais pris par les Champs-Élysées, et je revenais en courant, quand j'ai entendu deux hommes s'écrier en me voyant passer : C'est lui! le voilà! alerte! alerte! Et en effet, ils se sont mis à ma poursuite.

HONORINÉ.

Tu me fais frémir...

ALEXIS.

J'ai doublé ma course; ton souvenir m'a donné des aîles... et après mille détours. je suis arrivé à l'entrée de notre logement, qui donne dans la rue voisine. Mais pour ne pas attirer ces hommes par un bruit qui leur aurait indiqué ma retraite, je n'ai fait que pousser la porte. Inutile précaution! ils m'avaient vu disparaître de loin; et j'étais à peine au quatrième étage, que déjà je les ai entendus se précipiter dans l'allée.

HONORINE.

Nous sommes perdus!

ALEXIS, se levant.

Non. Ils vont entrer dans ma chambre, mais ils ne trouveront point d'issue. Tu le sais, le briquetage qui dérobe la communication entre nos deux logemens, est caché par ma petite bibliothèque et de vieilles gravures. Cent fois, nous avons frappé de l'autre côté, pour nous assurer qu'aucun retentissement ne pouvait trahir notre secret asile. Ils croiront que je suis monté plus haut pour m'échapper par les greniers; sur les toîts, peut-être.

HONORINE.

Puisses-tu dire vrai!

Elle va ouvrir doucement le placard. Elle prête l'oreille
auprès de la cloison en briques, et dit à voix basse :

Je les entends. Ils sont furieux, disent-ils, de t'avoir manqué. Il reviendra, si c'est ici sa demeure; nous l'attendrons jusqu'au jour.

4.

ALEXIS.

Jusqu'au jour! *(à part.)* Comment rentrer au couvent?

HONORINE.

Tu veux en vain me dérober tes craintes... Alexis... tu ne m'as pas tout dit... je tremble.

ALEXIS.

Rassure-toi, ce n'est pas moi qu'ils cherchent; mais pour rien au monde, je ne voudrais tomber dans leurs mains, on aurait bientôt deviné notre secret tout entier. Pauvre Honorine! *(Il la presse sur son cœur.)* Que le ciel m'épargne ce malheur!

On frappe.

AGATHE, *en dehors.*

C'est moi, Madame. Je vous amène le docteur.

ALEXIS.

Qu'est-ce que cela?

HONORINE.

Silence, ne te montre pas.

Elle le pousse dans l'épaisseur du mur, ferme doucement
le placard sur lui, et va ouvrir la porte.

SCÈNE VI.

HONORINE, AGATHE, LE DOCTEUR.

HONORINE.

Hé quoi! vous avez la bonté?..

AGATHE.

Venez vite, docteur.... et dissipez, s'il se peut, les inquiétudes de cette pauvre mère.

Le docteur va près du berceau; il examine
l'enfant attentivement et en silence; puis
il baisse le rideau.

LE DOCTEUR.

Rassurez-vous, Madame; aucun danger réel ne menace les jours de votre enfant.

HONORINE, *avec le délire d'une mère.*

Ah! Monsieur, vous me rendez l'existence.

Elle lui prend les mains, et les baise en pleurant.

AGATHE.

Je suis bien contente... embrassez-moi.

> Honorine se retourne, Agathe s'élance vivement à
> son cou.

LE DOCTEUR.

> Il va s'asseoir.

Plus tard, Madame, vous me ferez connaître, sans doute, les motifs qui ont altéré votre santé; mais je ne puis vous le cacher, la nourriture que cet enfant reçoit de vous, est peu favorable à son rétablissement. (*Il écrit.*) Vous lui donnerez cette potion calmante. Quand la fièvre sera passée, je vous prescrirai le régime qu'il conviendra de suivre.

HONORINE, *à Agathe.*

Comment vous témoigner ma reconnaissance ?

AGATHE.

En m'aimant un peu, et en me permettant de vous voir quelquefois : car vous me semblez aussi aimable que jolie.

HONORINE, *comme suffoquée.*

Ah ! les expressions me manquent...

LE DOCTEUR.

Bonsoir, Madame, je vous reverrai demain.

AGATHE, *sur le seuil de la porte.*

Bonne nuit... à demain.

> Honorine rentre, et ferme la porte.

SCÈNE VII.

ALEXIS, HONORINE.

HONORINE, *allant ouvrir le placard.*

Viens, Alexis... Tu ne peux sortir, maintenant?

ALEXIS.

Non. Les exempts de police sont installés, je viens de les entendre. Ils se perdent en conjectures sur la profession que j'exerce.

HONORINE.

Eh bien ! mon ami, pendant que tu vas garder notre cher enfant, moi, je vais chercher la potion dont le médecin de M. Duhamel vient de me donner l'ordonnance. La pharmacie est à deux pas dans la rue de Bretagne, je ne serai pas long-tems absente. Veux-tu me donner de l'argent ?

ALEXIS, *lui montrant le rouleau qu'il a posé sur la table.*

Prends.

HONORINE, *ouvrant le rouleau.*

De l'or! tout cela?

ALEXIS, *avec embarras et émotion.*

Oui. J'ai pris une somme un peu forte, afin de n'y pas revenir de sitôt.

HONORINE.

Elle serre le rouleau dans le tiroir de la table.

Tu as bien fait. Avant peu, je l'espère, nous serons en état de nous acquitter.

Elle l'embrasse, et sort en laissant la porte entr'ouverte.

SCÈNE VIII.

ALEXIS, *seul, et assis à gauche.*

Infortunée créature qu'un sort fatal unit à mes misères! Si tu savais de quel crime il vient de souiller sa vie, ce mortel privilégié que tu as daigné choisir entre tous, pour l'associer à tes vertus, pour l'enrichir des trésors de ton amour! tu frémirais! tu le rejeterais avec horreur, tu maudirais le jour qui éclaira cette union funeste... Ah! pardonne, chère Honorine! pardonne! je n'ai pu supporter le tableau déchirant qui s'offrait à mes regards... ton humiliation, ta détresse!.. L'unique héritière d'une famille illustre et opulente, réduite à mourir de faim! cet ange, que bientôt la tombe allait dévorer. (*Il se lève.*) Oh! ma raison s'est révoltée contre les décrets du ciel, contre la justice des hommes. J'ai foulé aux pieds ces lois que la société a instituées presque toujours au profit des heureux, et j'ai osé prendre violemment ce que la haine me refusait. L'échafaud, les tortures auraient été là, devant moi... je n'aurais point hésité. Il fallait vous sauver avant tout, à tout prix! c'était le premier devoir d'un époux et d'un père.

SCÈNE IX.

ALEXIS, M. DUHAMEL.

M. DUHAMEL.

Si je suis bien informé, c'est ici que demeure madame Alexis...

A ce mot, Alexis tourne la tête; se lève, et s'écrie avec une douloureuse surprise :

ALEXIS.

M. Duhamel!

M. DUHAMEL, *avec le plus grand étonnement.*

Père Arsène!

ALEXIS, *à part.*

Je suis perdu!

M. DUHAMEL.

Vous ici... mon père... au milieu de la nuit... et sous ce déguisement?

ALEXIS, *à part.*

Que répondre?

M. DUHAMEL.

Que dois-je penser de votre conduite, Monsieur? Quelle opinion puis-je avoir d'une jeune personne qui vous reçoit à pareille heure, dans une maison respectable?

ALEXIS.

Il court fermer la porte, et revient vivement à la droite de M. Duhamel.

Ah! Monsieur, gardez-vous de concevoir le moindre doute sur la pureté de cet ange, digne de tous les hommages, de tous les respects. Tout mon sang versé ne suffirait point pour punir la plus légère atteinte portée à son honneur.

M. DUHAMEL.

Comme vous la défendez!

ALEXIS.

C'est ma femme que je défends.

M. DUHAMEL.

Votre femme! votre femme!

ALEXIS.

Oui, Monsieur. Cet aveu auquel j'ai été entraîné par vos injurieux soupçons, nécessite maintenant une confidence que je dépose volontiers dans le sein d'un magistrat dont l'intégrité est généralement connue. Je vous supplie de l'entendre avec indulgence, et de m'aider de vos sages conseils.

M. DUHAMEL.

Je vous écoute, Monsieur.

ALEXIS.

Il y a dans ma vie deux périodes bien distinctes : la première, marquée par un bonheur immense; la seconde, par une infortune sans exemple. Arsène est le nom qui m'a été

donné en prononçant mes vœux... Je m'appelle Alexis. Je
suis fils de M. d'Ambreville, ancien manufacturier, riche de
plusieurs millions... Par je ne sais quelle bizarrerie que je
n'ai jamais pu m'expliquer, mon père avait réuni toutes ses
affections sur ma sœur, et j'étais l'objet continuel de ses
mauvais traitemens et de son aversion. J'avais sept ans lorsque ma marraine, madame Damerval, prit pitié de moi, et
me fit venir chez elle, au château de Mery. J'y trouvai sa
petite-fille, Honorine de Montarmé, riche héritière que l'on
destinait au marquis d'Aubeterre, son cousin. Honorine était
à-peu-près du même âge que moi. Il existait, et il se mani-
festa bientôt dans nos caractères, dans nos goûts, une vive
sympathie, qui devint d'abord une amitié profonde, et plus
tard l'amour le plus tendre. Vous dire nos plans, nos projets,
ce serait vous raconter les songes de chaque nuit qu'un rayon
de soleil efface, ou les rêveries d'une fièvre délirante. Le
temps, hélas! nous apprit bientôt que l'orgueil du rang et de
la naissance élevait entre nous des barrières insurmontables.
Aussitôt que le marquis d'Aubeterre eut atteint sa majorité,
les deux familles voulurent réaliser un projet de mariage
arrêté dès long-temps; mais on trouva dans Honorine une
opposition des plus énergiques. Elle jura que jamais elle
n'épouserait un homme dépourvu de véritable noblesse, livré
à la débauche, et qui ne pouvait réellement lui inspirer que
du dégoût.

M. DUHAMEL.

De tels sentimens ne peuvent que l'honorer.

ALEXIS.

Tant que madame Damerval vécut, elle soutint Honorine
dans ses refus; mais la mort nous ayant privé de notre unique
appui, il fallut nous séparer. Jugez de mon désespoir! On
mit Honorine au couvent, avec menace de l'y laisser jusqu'à
ce qu'elle consentît à épouser son cousin. Elle jura d'y mourir. Ma marraine, en mourant, m'avait laissé vingt
mille livres. Avec ce capital, qui nous semblait inépuisable,
nous crûmes pouvoir tout braver pour nous réunir; et
moi, je vins à Paris pour y préparer notre établissement.
Mais le Ciel, pour nous punir sans doute, permit que cette
somme, sur laquelle nous fondions dix années d'existence,
nous fût dérobée. Au bout de quelques mois, Honorine s'é-
chappa du couvent, et vint me rejoindre chez un vieux prêtre,
qui nous maria en présence de témoins. Oui, Monsieur, elle
était mon épouse, quand elle entra pour la première fois dans
cette retraite, que j'avais embellie de tous les objets qui
pouvaient la lui rendre agréable. Entrée sous cet humble
toît, Honorine oublia le reste du monde. Dans sa vie toute

d'amour et de dévouement, pas une pensée qui ne fût à son époux. Si parfois elle a jeté en arrière un regard de regret sur cette opulence, ces grandeurs, ce haut rang, d'où mon malheurenx amour l'a fait décheoir, jamais du moins une seule parole échappée de ses lèvres n'a déchiré mon cœur. Pendant deux ans, le bonheur seul habita cette retraite, qui était devenue notre univers.

M. DUHAMEL.

Je vous ai bien écouté, Monsieur, et dans tout ce que vous venez de me dire, je ne vois rien qui justifie votre existence dans la société sous deux formes si différentes.

ALEXIS.

Je vous ai dit que j'avais une sœur, objet de la prédilection de mon père. Il fit savoir dans la province que mademoiselle d'Ambreville aurait un million en dot. Aussitôt, comme vous le pouvez croire, les prétendans accoururent en foule. Le marquis d'Auteuil eut la préférence. Ambitieux, puissant, écrasé de dettes, et possédé du démon de l'avarice, cet homme méprisable conçut la pensée de s'assurer seul l'immense succession de mon père. Pour atteindre ce but, il imagina de me faire embrasser l'état monastique.

M. DUHAMEL.

Malgré vous ?

ALEXIS.

Oui, Monsieur, malgré moi. La violence et la ruse se sont réunies pour m'imposer ce joug que je repoussais avec horreur.

M. DUHAMEL.

La violence ?

ALEXIS.

Oui, Monsieur. A la requête de mon père, je fus enlevé en plein jour, et renfermé dans une étroite prison avec des insensés et des malfaiteurs.

M. DUHAMEL.

Et sur quel motif se fondait cet acte arbitraire ?

ALEXIS.

Pour m'effrayer, sans doute, on me dit que la famille de Montarmé voulait intenter contre moi une action criminelle, comme coupable de l'enlèvement d'Honorine. On exigeait que je révélasse le secret de son asile ! Juste ciel !.. trahir cet ange, auquel je devais deux ans d'amour et de bonheur !.. plutôt la mort !.. Cependant l'infortunée, prête à devenir mère, était privée de son unique appui... Je me figurais ses inquiétudes cruelles, et mon désespoir s'en augmentait ! Il était devenu de la frénésie, de la rage! et nul moyen de la rassurer, de lui faire savoir que son époux existait encore!.. Il fallait céder ou devenir le meurtrier d'Honorine... Je consentis à entrer dans un couvent.

M. DUHAMEL.

Pourquoi dans un couvent?

ALEXIS.

On voulait ma part de l'héritage paternel, Monsieur; et pour l'obtenir, je devais faire vœu de pauvreté.

M DUHAMEL.

Quelle infamie! Du moins, on vous rendit la liberté pendant l'année du noviciat?

ALEXIS.

La liberté!.. point! au cachot toujours... Un an de noviciat, dites-vous? il n'a duré qu'une semaine.

M. DUHAMEL.

Cette circonstance est très-grave. Le défaut de noviciat pendant une année tout entière, autorise une réclamation légale contre la validité de vos vœux.

ALEXIS.

Je l'ai faite et adressée, dans la forme voulue, à mes supérieurs et à l'Archevêque; mais je n'ai obtenu aucune réponse.

M. DUHAMEL.

Pauvre jeune homme!

ALEXIS.

Toutefois, avant de prononcer mes vœux, j'y mis une condition. J'avais fait d'excellentes études, et j'annonçais des talens oratoires. Sous le prétexte de compléter mon instruction, l'Archevêque, sur ma demande, me dispensa des offices, et m'accorda la liberté de sortir du couvent à toute heure, sans en rendre compte à mes supérieurs. Mes sermons ne tardèrent point à acquérir de la célébrité; pour étouffer mes plaintes, le marquis d'Auteuil me fit savoir que, grâce à lui et à des protecteurs puissans, je parviendrais bientôt aux premières dignités ecclésiastiques. Ah! vivre en paix auprès d'Honorine, loin du monde et des grands de la terre, voilà l'unique désir, la seule ambition du malheureux Alexis.

M. DUHAMEL.

M. d'Ambreville, vous m'inspirez un vif intérêt. Il est évident que les violences exercées contre vous, ont eu pour but de vous ravir vos droits à l'immense héritage de votre père. Quelles que soient les erreurs de votre jeunesse et vos torts envers la famille de votre épouse, vous les avez trop cruellement expiés, pour que je ne vous aide pas à rentrer dans la société. Nous attaquerons la légitimité de vos vœux, et je vous promets qu'ils seront annulés.

ALEXIS, tombant aux pieds de Duhamel.

Ah! Monsieur, vous serez un père pour Honorine et pour moi.

SCÈNE X.

M. DUHAMEL, ALEXIS, HONORINE.

On frappe violemment à la porte de droite.

HONORINE, en dehors.

Ouvrez, mon ami, ouvrez vite, vite.

Alexis, troublé, va ouvrir. Honorine, effrayée,
ouvre la bouche pour prévenir Alexis qui, d'un
geste, lui montre M. Duhamel. Elle s'arrête.

ALEXIS.

D'où vient ton effroi ?

HONORINE, à demi-voix.

M. Duhamel chez nous?

ALEXIS.

Prudence !

HONORINE, continuant bas et vivement.

Cache-toi. Un exempt de police est sur mes pas. C'est le concierge de M. Duhamel qui le guide et l'éclaire.

M. DUHAMEL.

Vous paraissez troublés.

ALEXIS.

Du tout, Monsieur. (à part.) C'est fait de moi, les misérables ont deviné le secret de notre retraite.

On entend plusieurs voix dans l'escalier.

SCÈNE XI.

ALEXIS, DUHAMEL, UN EXEMPT, HONORINE,
FRANÇOIS, tenant une lumière.

FRANÇOIS, éclairant l'Exempt, qu'on ne voit pas encore.

Prenez garde, Monsieur l'Exempt, il y a une petite marche. Là, vous y êtes. Voilà notre monsieur.

Il montre M. Duhamel.

L'EXEMPT.

J'ai l'honneur de présenter mes respects à Monsieur le lieutenant-criminel.

M. DUHAMEL.

Bonsoir, Monsieur. Qui vous amène si tard près de moi ?

L'EXEMPT.

Un ordre de Son Excellence Monseigneur le lieutenant-général de police, au sujet de la lettre anonyme dont vous êtes venu lui parler ce soir.

ALEXIS, *tout-à-fait décomposé, et à part.*

La mienne, sans doute.

M. DUHAMEL.

Ah ! ah ! l'affaire des Champs-Élysées ?

L'EXEMPT.

Précisément.

M. DUHAMEL.

Hé bien ! qu'y a-t-il de nouveau ? A-t-on réussi ?

L'EXEMPT.

Complètement. Le voleur est arrêté.

ALEXIS, *dans un état convulsif, à part.*

Arrêté !

L'EXEMPT.

Je me flatte d'avoir bien conduit cette expédition.

M. DUHAMEL.

Qu'avez-vous fait de ce misérable ?

ALEXIS, *de même.*

Je me sens mourir.

L'EXEMPT.

Je l'ai mis au dépôt. Il y passera la nuit.

ALEXIS, *à part, autre expression de physionomie.*

Au dépôt !

L'EXEMPT.

Demain matin, il subira son premier interrogatoire.

ALEXIS, *à part.*

L'erreur sera bientôt reconnue.

L'EXEMPT.

Son Excellence me charge de vous demander s'il vous conviendrait d'y assister.

M. DUHAMEL.

Peut être, selon mes occupations.

ALEXIS, *tombant sur une chaise, à part.*

C'est fait de moi.

HONORINE, *courant auprès d'Alexis.*

Qu'as-tu donc, mon ami ?

ALEXIS, *se levant, et à voix basse.*

Silence ! tu sauras tout.

M. DUHAMEL.

Bonsoir, M. Alexis, nous nous reverrons. Bonsoir, Madame.

> Alexis et Honorine reconduisent M. Duhamel, qui sort, précédé de l'exempt et de François.

Fin du premier acte.

ACTE DEUXIÈME.

PREMIER TABLEAU.

Un jardin dépendant de la maison de monsieur Duhamel.

SCÈNE PREMIÈRE.

FRANÇOIS, *avec un arrosoir à la main.*

Faut que je fasse une surprise à c'te bonne mamzelle Agathe. Elle sera ben étonnée à ce matin, quand elle descendra, de trouver son petit jardin arrosé. Elle est si aimable, si avenante pour nous autres! C'est bien la fille de son père; oh! les braves gens que ça fait! moi, déjà, je les servirais pour rien, tant que je les aime!

Il vide deux arrosoirs

SCÈNE II.

HONORINE, FRANÇOIS.

HONORINE, *avec timidité.*

Monsieur François!

FRANÇOIS, *arrosant sans se retourner.*

Qui qui m'appelle? je ne connais pas c'te voix-la.

HONORINE, *plus près de lui.*

Monsieur François!

FRANÇOIS, *se retournant, à part.*

Si je ne me trompe c'est la petite dame du quatrième. (*haut*). Qui qu'y a pour vot service, Madame?

HONORINE.

Je viens de me présenter au premier et l'on m'a dit que monsieur Duhamel était sorti.

FRANÇOIS.

C'est vrai, Madame. Voyez-vous, notre monsieur il a de la religion tout plein et il croirait qu'il n'est pas en état de ben

juger si, tous les matins, il n'allait pas à l'église avant de per-
sider au Châtelet.

HONORINE.

Pensez-vous qu'il rentre bientôt?

FRANÇOIS.

C'est sûr et certain; il déjeûne tous les jours à neuf heures.
Si vous avez queuque chose à l'y dire en particulier, je vous
conseille de l'attendre ici. Les solliciteurs montent tout droit
là haut, vous ne seriez pas tranquille, au lieur qu'en le
prenant là, au passage, vous pourrez causer à votre aise dans
ce petit pavillon que v'là (*Il montre un pavillon à gauche*). et
l'y conter votre affaire en long et en large sans être dérangée.

HONORINE.

Je vous remercie, monsieur François.

FRANÇOIS.

De rien, Madame. Notre demoiselle vous aime, et comme
nous l'aimons tout plein aussi ça fait que nous aimons tous
ceux qu'elle aime. Asseyez-vous, ou ben promenez-vous,
comme vous voudrez. Je vas dire a la portière qu'elle prévienne
notre monsieur qu'une jolie petite dame l'attend au jardin. ça
ne l'y fera pas de peine... parceque... Enfin... C'est toujours plus agréable. Votre serviteur, Madame.

HONORINE.

Bonjour, monsieur François. Ah! pardon. Un mot encore.

FRANÇOIS, *revenant*.

Tout à votre service.

HONORINE, *d'une voix altérée*.

Je voulais vous prier d'aller jusque chez le bijoutier de la
rue d'Anjou pour lui vendre cette croix. Elle vaut plus d'un
louis, vous lui demanderez de vous payer en or.

FRANÇOIS.

Un louis d'or, en or?.. Oui, Madame, tout de suite. (*Il sort*)

Avant de donner la croix à François, Honorine l'a
baisée à plusieurs reprises et en pleurant.

SCÈNE III.

HONORINE.

Ainsi je remplacerai celui qui manque au rouleau que m'a
apporté Alexis. Il le faut absolument. Cet or me pèse, il me
brûle; il me semble, je ne sais pourquoi, devoir être pour

nous une cause de calamités. La source en est pure, je n'en saurais douter... Mais pourquoi mon Alexis a-t-il éprouvé cet embarras, ce trouble, quand on est entré chez nous de la part du Lieutenant de police ?.. Cependant je connais sa vie comme la mienne. Je ne crois pas, oh ! non... je ne le crois pas, qu'il existe une âme plus généreuse, un cœur plus noble, une probité plus sévère. Mais pourquoi ce tremblement, ces terreurs qui l'ont poursuivi toute la nuit jusque dans ses rêves ?.. Je n'ai pu céder au sommeil et jai été témoin de son effrayante agitation. Sa poitrine était gonflée, haletante... son cœur battait violemment, quelques mots échappés m'ont glacée d'effroi... D'une voix menacante il a nommé son oncle, ce misérable Nobé, être vil qui pour de l'argent a vendu sa conscience, notre avenir, et s'est fait l'artisan de notre ruine en servant les projets infâmes du marquis d'Auteuil et du père d'Alexis... L'aurait-il rencontré ? en aurait-il, par quelque violence, obtenu cet argent ? ce matin, quand Alexis m'a quittée pour retourner à son couvent, je lui ai exprimé ma vive inquiétude, je lui ai peint les tourments que j'avais éprouvés pendant cette longue nuit de souffrances. Pressé de questions, il a fini par m'avouer qu'il avait trouvé cet or. Trouvé !.. cela se peut ; mais pourquoi ne me l'a-t-il pas dit d'abord ? c'est la première fois qu'il a trahi la vérité... et pourquoi ? ce ne peut-être sans un puissant motif. Je m'y perds... Mon esprit s'égare en conjectures de plus en plus douloureuses. (*Elle s'assied à gauche*). Le seul remède offert par ma raison et qui semble devoir me calmer, c'est de confier cette somme à monsieur Duhamel en le priant de la restituer... à qui ? je l'ignore ; mais du moins elle ne pèsera plus sur mon cœur ; je serai soulagée d'un fardeau qui m'étouffe. (*Avec âme*). Alexis, mon bien, ma vie, toi pour qui tous les sacrifices m'ont paru faciles et doux, tu n'as pas manqué à l'honneur n'est-ce pas ? tu n'as pas commis une méchante action ? oh ! non. (*Elle tombe à genoux*). Mon Dieu, s'il en était autrement, retire-moi de ce monde, que la terre recouvre à l'heure même la triste Honorine, et toi aussi, mon cher enfant, plutôt que de voir l'ombre du deshonneur obscurcir le nom de ton père ! alors je serais sans excuse... Et comment supporter la vie ?.. (*Avec beaucoup d'énergie*). Ah ! la mort, la mort, avant ce nouveau malheur le plus cruel de tous. On vient !

Elle se relève et se replace sur le banc.

SCENE IV.

HONORINE, AGATHE.

AGATHE.

Bonjour, méchante. Je viens vous gronder.

HONORINE.

Moi ?

AGATHE.

Oui, je suis fachée contre vous.

HONORINE.

Je ne me pardonnerais pas de l'avoir mérité.

AGATHE.

Un peu d'argent vous est nécessaire et vous ne me l'avez pas dit !

HONORINE.

Devais-je abuser de vos bontés ?

AGATHE.

Quoi ! pour une faible somme, vous vous privez d'un objet cher à votre cœur, je dois le croire, car François m'a dit qu'en le lui donnant vous sembliez bien émue ?

HONORINE.

Il est vrai, Mademoiselle. Cette croix vient de ma mère ; j'espérais la conserver toute ma vie, mais il est des sacrifices souvent commandés par la nécessité.

AGATHE.

Vous m'avez vivement intéressée. Je vous aime comme si nous nous connaissions depuis long-tems, comme si nous étions sœurs. Ayez donc aussi un peu d'amitié pour moi, je vous en prie.

HONORINE.

Comment ne pas vous aimer ? vous êtes si bonne !

AGATHE.

D'abord, reprenez votre croix; mais ce n'est pas tout. Entre amies tout doit être commun. Maintenant j'ai le bonheur d'être un peu plus riche que vous. Partageons. Qui sait ? un jour peut-être j'aurai recours à vous.

HONORINE.

Permettez que je reprenne seulement ce précieux souvenir de ma mère.

AGATHE.

Mais non. Ce n'est pas assez. Puisque vous étiez résolue à vous en défaire, apparemment le produit vous était indispensable. Je veux que vous puisiez dans ma bourse. N'ayez aucun scrupule. Cet argent est bien à moi. J'en puis disposer comme je le veux. C'est la petite pension que papa me donne pour mes menus-plaisirs.

HONORINE.

Puisque vous avez la bonté de le permettre.

AGATHE.

Comment! le permettre? je le veux.

HONORINE.

Je vous serai redevable d'une pièce d'or.

AGATHE.

Ce n'est pas assez.

HONORINE.

Je n'accepterai pas davantage. *(A part)*. Grâce à cet ange le rouleau est au complet.

AGATHE, *montrant sa bourse.*

N'oubliez pas qu'elle est toujours à votre disposition. Vous me le promettez?

HONORINE.

Je vous le promets.

AGATHE.

Merci! vous êtes bien aimable. *(Elle l'embrasse. Se tournant vers son petit parterre)*. Ah! qui donc a arrosé mes fleurs?

HONORINE.

Monsieur François.

AGATHE.

Il a bien fait. Je me suis levée tard aujourd'hui; je n'ai pas fermé l'œil de la nuit. Ce vol des Champs-Élysées m'avait toute bouleversée.

HONORINE, *troublée.*

Un vol!.. Aux Champs-Élysées!.. *(A part)*. Mon dieu!.. Alexis y a passé.

AGATHE.

Oh! un vol accompagné de circonstances tout à fait extraordinaires. Cent louis déposés au pied d'un arbre.

HONORINE, *à part.*

Cent louis!.. *(Haut)*. Et sait-on?..

AGATHE.

Oui, on sait tout. On a pris le voleur. C'est cela qui a causé tant de bruit hier au soir dans l'hôtel. Papa était chez vous quand on est venu le prévenir de la part du lieutenant de police.

HONORINE, *troublée.*

C'est vrai ; mais je n'ai pas fait attention à ce qui se passait autour de moi. Entièrement occupée de mon fils...

AGATHE.

Comment va-t-il ce cher enfant?

HONORINE.

Beaucoup mieux.

AGATHE.

J'en suis ravie.

HONORINE, *à part.*

L'identité de cette somme me fait frissonner malgré moi. Cependant il ne saurait y avoir le moindre rapport... N'importe je n'aurai pas de repos qu'elle ne soit sortie de mes mains. Je ne sais comment m'y prendre pour la remettre au lieutenant-criminel *(Haut)*. Dites-moi, Mademoiselle, vous entendez souvent parler jurisprudence, législation?..

AGATHE.

Oh ! mon dieu ! toute la journée et cela n'est pas amusant du tout, je vous assure. Pourquoi me faites-vous cette question?

HONORINE.

A propos de ce vol. Je me demandais ce qui arriverait si, par exemple, l'homme qui aurait dérobé une somme d'argent venait, saisi d'un remord subit, la restituer.

AGATHE, *d'un air capable.*

Il me semble qu'alors tout serait dit, du moins, c'est ainsi que je jugerais. Au surplus j'entends papa nous allons lui demander ce qu'il en pense.

SCÈNE V.

HONORINE, DUHAMEL, AGATHE.

AGATHE, *allant au-devant de son père qui l'embrasse.*

Bonjour, papa.

DUHAMEL.

Bonjour, ma fille. *(A Honorine.)* Eh bien ? Madame êtes-vous plus tranquille, aujourd'hui !

HONORINE.

Pas tróp, Monsieur. J'étais venue...

AGATHE.

Papa, j'ai une question de droit à vous soumettre.

DUHAMEL.

Une question de droit, mon enfant? voilà qui est bien grave pour une petite pensionnaire.

AGATHE.

Pas si petite, j'aurai quatorze ans le jour de la Sainte-Adélaïde.

DUHAMEL.

Voyons la question de droit.

AGATHE.

La voici. Je suppose un homme qui a dérobé un objet quelconque, argent, bijoux, n'importe. Saisi de remords, aussitôt après cette mauvaise action, il court restituer l'objet volé; que lui fera-t-on? rien, n'est-ce pas? c'est ainsi que j'ai jugé.

DUHAMEL.

Eh bien! mon enfant, tu as mal jugé.

AGATHE.

Mal jugé? oh! par exemple!

DUHAMEL.

Sans doute. Il faut savoir si le crime est encore secret ou s'il a été dénoncé à l'autorité. Dans le premier cas, il dépend de la personne lésée de se contenter de la restitution, et de faire grâce au voleur. *(Honorine écoute. Sa figure reprend de la sérénité. Elle tire le rouleau de la poche de son tablier. Elle est prête à le présenter au lieutenant-criminel).* mais du moment que la justice est saisie de la plainte, ou du fait, rien ne peut empêcher que l'affaire n'ait son cours; la vindicte publique qu'il y ait jugement et même condamnation.

> Frappée de terreur à ces paroles, Honorine remet le rouleau dans sa poche et s'éloigne. Son effroi est visible, sa physionomie est contractée

AGATHE.

J'en suis bien fâchée; mais cela ne me semble pas juste du tout.

DUHAMEL, *souriant.*

Je voudrais bien savoir au surplus de quoi tu te mêles.

AGATHE.

Comment, papa, de quoi je me mêle? On dit que je suis

jolie, cela peut être, je n'en sais rien. Vous êtes riche, je suis fille unique, il est donc probable que vous m'établirez un jour.

DUHAMEL.

Eh bien ?

AGATHE.

Eh bien, il faut que mon esprit s'exerce de bonne heure à distinguer ce qui est juste ou injuste, parcequ'une mère de famille ne doit jamais avoir tort.

DUHAMEL.

Allons, tais-toi, enfant! nous n'en sommes pas là. *(Se tournant vers Honorine)*. Vous disiez, Madame...

FRANÇOIS, *en dehors*.

Oui, Monsieur le Marquis. Vous le trouverez dans le jardin.

M. DE LIRAY.

Merci, François.

AGATHE.

Voici monsieur de Liray.

HONORINE, *voulant se retirer*.

Je me présenterai dans un autre moment.

DUHAMEL.

Non. Restez là.... dans mon cabinet; je vous y rejoins tout-à-l'heure.

Honorine monte au pavillon.

SCENE IV.

HONORINE, *près la croisée du pavillon*, AGATHE,
M. DE LIRAY, DUHAMEL.

DUHAMEL.

Bonjour, mon ami. Vous venez déjeuner avec moi, avant de partir pour votre grand voyage. Je vous en remercie.

M. DE LIRAY.

Ah! bien oui, partir! il est bien question de cela. Je ne pars plus, du moins quant à présent.

DUHAMEL.

Tant mieux. Nous nous verrons plus long-tems.

M. DE LIRAY.

Tant pis, de par tous les diables, Ce retard est la suite d'un
événement fort désagréable.

DUHAMEL.

Pour vous, mon ami ?

M. DE LIRAY.

Oui. Il vient d'arriver à mon pauvre Germain la chose la
plus extraordinaire. Vous l'avez vu hier au soir, j'étais préoc-
cupé, soucieux.

AGATHE.

C'est vrai ; vous n'étiez pas gai comme à l'ordinaire.

M. DE LIRAY.

Il semblait que j'eusse le pressentiment de ce malheur.

AGATHE.

Un malheur !

DUHAMEL.

Vous m'inquiétez. Qu'est-ce donc ?

M. DE LIRAY.

Je vous ai dit que le pauvre diable souffrait beaucoup de son
athsme. Hier, vers neuf heures du soir, en revenant de
Versailles dans un méchant coucou, il a été saisi de suffoca-
tions tellement vives qu'il lui a été impossible de continuer
sa route. Il s'est fait descendre au coin de l'allée des Veuves et
s'est assis au pied d'un arbre.

AGATHE.

Ce pauvre Germain !

M. DE LIRAY.

A peine il y était qu'il a été assailli par des gens de la police,
qui l'ont arrêté comme voleur et l'ont traîné au dépôt.

AGATHE.

Ah ! mon Dieu.

DUHAMEL.

Sous quel prétexte ?

M. DE LIRAY.

Parcequ'on lui a trouvé entre les mains un rouleau de cent
louis.

HONORINE, *à part. Se levant et prêtant une oreille attentive.*
Cent louis !

M. DE LIRAY.

Et l'on a prétendu qu'il l'avait volé au pied de ce même
arbre, où, par une inconcevable fatalité, une somme pareille
avait été enterrée quelques minutes auparavant en présence de
ces mêmes agens.

DUHAMEL.

Et d'après mes ordres...

M. DE LIRAY.

Bah ?

DUHAMEL.

Oui. Je connais cette affaire. Je vous la raconterai.

M. DE LIRAY.

Ces cent louis proviennent à mon brave Germain d'un don qui venait de lui être fait par son père, âgé de quatre-vingt-neuf ans et qui, au moment des adieux, lui remit cette somme en pleurant, et lui dit : « Selon toute apparence, mon fils, je » ne te verrai plus ; tu pars pour un long voyage, et moi, » sans doute, je ne tarderai pas à en faire un plus long encore, » et d'où l'on ne revient jamais. Prends ceci, c'est ton héritage, » c'est le fruit de mes économies, il est à toi, je te le donne, » puisse-t-il te profiter ! » Et là-dessus, il se séparèrent les larmes aux yeux.

AGATHE.

Ah ! vous voyez bien, papa, j'avais raison de vous dire tout-à-l'heure...

DUHAMEL.

Taisez-vous, Agathe. *(A Liray)*. Rien de plus simple, mon ami. Il y a évidemment là une méprise. Il faut faire venir sur-le-champ ce vieux père. D'après sa déclaration, Germain sera relâché, sans la moindre difficulté.

M. DE LIRAY.

C'est ce que j'ai pensé. Tout cela serait déjà fait, si ce digne garçon n'avait pas craint de troubler mon sommeil. Pour ménager mon repos, il ne m'a informé que ce matin de sa mésaventure. J'ai couru bien vite chez monsieur de Sartines ; il a fait venir Germain qui nous a tout raconté, et, d'après sa déclaration, on a dépêché à Versailles un Exempt chargé d'interroger le vieillard et de le ramener avec lui.

DUHAMEL.

C'est très-bien. A quelle heure est-on parti pour Versailles ?

M. DE LIRAY.

A cinq heures du matin.

DUHAMEL.

On ne tardera point à revenir. Tranquillisez-vous ; Germain, vous sera bientôt rendu.

M. DE LIRAY.

D'autant que j'ai promis dix louis à l'Exempt pour sa prompte expédition.

DUHAMEL.

Nous allons déjeûner en attendant. Montez le premier, mon ami, avec Agathe. Moi, j'ai deux mots à dire à quelqu'un qui m'attend.

M. DE LIRAY.

C'est bien.

AGATHE.

Venez, Monsieur de Liray.

SCÈNE VII.

HONORINE, *dans le pavillon,* AGATHE, M. DE LIRAY, DUHAMEL, FRANCOIS.

FRANÇOIS, *à monsieur de Liray.*

Il y a là un Exempt de police qui demande à parler tout incontinent à Monsieur le Marquis de Liray.

M. DE LIRAY.

Fais-le venir.

DUHAMEL.

C'est notre homme.

SCÈNE VIII.

HONORINE, AGATHE, DE LIRAY, L'EXEMPT, DUHAMEL.

L'EXEMPT.

Monsieur le Marquis, mon voyage n'a pas été heureux. Je vous apporte une bien mauvaise nouvelle.

TOUS ENSEMBLE.

Qu'est-ce? parlez.

L'EXEMPT.

Le père de Germain a été frappé d'apoplexie une heure environ après le départ de son fils.

TOUS.

Ah! mon Dieu!

L'EXEMPT.

Il est mort à minuit, entre les bras de ses voisins.

DUHAMEL.

C'est un grand malheur! comment prouver maintenant l'innocence de Germain?

M. DE LIRAY.

Eh parbleu! en représentant les cent louis déposés au pied de l'arbre. Comme je réponds sur ma tête que Germain ne les a point dérobés, ils y sont encore si vous les y avez mis.

L'EXEMPT.

Son Excellence a du affirmer à Monsieur le Marquis qu'avant d'arrêter son domestique, nous avons remué la terre et n'avons plus rien trouvé. Donc les cent louis étaient volés.

HONORINE, *à part avec un cri déchirant.*

Volés! Ah! je meurs.

Elle tombe à la renverse.

AGATHE, *accourt près de la croisée et s'écrie.*

Papa! papa!

Duhamel vient au cri de sa fille, et paraît
consterné ainsi que Monsieur de Liray,
l'Exempt et François participent à ce mou-
vement de scène.

DEUXIÈME TABLEAU.

Le théâtre représente un salon chez la Présidente.

SCÈNE PREMIÈRE.

L'ABBÉ, LA PRÉSIDENTE, AGATHE, CLÉMENTINE.

La Présidente entre par le fond, entourée de ses enfans.

CLÉMENTINE.

Oh maman! pourquoi nous quitter déjà?

LA PRÉSIDENTE.

Mes enfans, je ne puis me dispenser de recevoir Monsieur le Marquis de Liray que je n'ai pas vu depuis trois semaines. Il demande à m'entretenir d'une chose importante et attend dans sa voiture, j'ai du le faire prier de monter.

L'ABBÉ.

Juste au plus beau moment! c'est bien désagréable. J'allais chanter mon grand morceau ; puis après, Mademoiselle Agathe et moi, nous allions essayer le duo d'Armide. Il faut convenir que monsieur de Liray ne pouvait arriver plus mal à propos.

AGATHE.

C'est vrai, Madame.

LA PRÉSIDENTE.

Eh mon dieu, mes enfans, je sais votre musique par cœur. Je n'ai entendu que cela tous les jours, depuis un mois.

L'ABBÉ.

Mais pas devant tout le monde. C'est bien différent.

LA PRÉSIDENTE.

Ce que vous demandez est impossible. Retournez au salon. Après le concert, je vous permets de danser, mais je vous recommande la modération. Clémentine, pas plus de trois contredanses. *(A Agathe)*. Vous entendez, mon cœur? je m'en rapporte à vous.

AGATHE.

Oui, Madame, je ferai la petite maman.

L'ABBÉ.

Et moi, Maman, ne me permettrez-vous pas de danser un menuet? j'en meurs d'envie.

LA PRÉSIDENTE.

Mon ami! ce serait du scandale.

L'ABBÉ.

Pourquoi ? nous sommes en famille.

LA PRÉSIDENTE.

Faites donc comme il vous plaira.

L'ABBÉ *et* CLÉMENTINE.

Oh! merci, maman!

Ils sortent satisfaits.

SCÈNE II.

LA PRÉSIDENTE, M. DE LIRAY.

M. DE LIRAY, *très-empressé.*

Mille pardons, Madame la Présidente. C'est à regret que je viens troubler une réunion de famille, mais ma démarche a pour but une bonne action qui n'admet aucun retard. Vous me remercierez, je n'en doute pas, de vous avoir donné la préférence.

LA PRÉSIDENTE.

Très-bien, mon ami. Vous m'avez parfaitement jugée, et je vous en remercie.

M. DE LIRAY, *d'une voix altérée.*

Eh bien! Madame; ils viennent de condamner mon pauvre Germain à être rompu vif!

LA PRÉSIDENTE.

Ah! mon dieu!

M. DE LIRAY.

Oui, Madame. Il a été condamné, malgré les efforts de mon brave Duhamel.

LA PRÉSIDENTE.

Pauvre malheureux!

M. DE LIRAY, *avec indignation.*

Et ce sont des magistrats renommés pour leur instruction et leur équité qui ont prononcé la peine capitale contre un innocent! Et l'arrêt de ces hommes est définitif, irrévocable, sans appel!.. La roue à un vieillard, parcequ'il n'a pas eu la force de supporter les tortures!.. S'il eût été jeune et vigoureux, il aurait vu sans pâlir broyer ses membres palpitans; mais la violence des douleurs a brisé son âme et il s'est avoué coupable!.. J'ai visité les nations les plus sauvages du globe, et n'ai rien vu de plus barbare que la législation criminelle du peuple qui se prétend le plus poli, le plus civilisé de l'univers.

LA PRÉSIDENTE.

Calmez-vous, mon ami.

M. DE LIRAY.

Mon Germain coupable!.. Non, il ne l'est pas... Quelques circonstances difficiles à expliquer, quelques rapprochemens bisarres pourraient le faire supposer à des juges prévenus; mais à ces rapprochemens de dates et de circonstances fort étranges, sans doute, j'oppose, moi, en faveur de cet honnête garçon, trente années d'une vie sans reproches, passées en entier sous mes yeux, et presque sous les vôtres, Madame; car il y a trente ans que nous nous connaissons,.. et vous m'avez entendu tenir toujours le même langage sur lui.

LA PRÉSIDENTE.

C'est la vérité.

M. DE LIRAY, *avec une chaleur entraînante.*

Simple, doux, intègre, fidèle, et surtout désintéressé, Germain seroit devenu tout d'un coup criminel pour de l'argent !. . lui ! Mais tous mes amis savent que ma bourse était la sienne, qu'il y puisait sans compter, non pas pour lui, mais pour donner aux pauvres; car vivant chez moi dans l'abondance de tout, il n'avait aucun besoin personnel. C'est lui qui, depuis trente ans, reçoit mes appointemens, mes rentes, mes fermages. C'est lui qui fait mes placemens. Mon or est sous sa garde comme tout ce que je possède. Son avenir lui est largement assuré par mon testament et il le sait. Comment donc supposer qu'il ait changé si subitement ? Comment croire avec quelque raison, que l'homme honnête et consciencieux, soit en un jour devenu un voleur de grand chemin. Cela ne se peut pas. Mais non... un million de fois, non. Mon pauvre Germain! mon digne serviteur! mon ami! non, non. Tu ne subiras pas une mort infâme... Ou ils me tueront aussi, moi, qui depuis quarante ans, n'ai vécu que pour la gloire de mon pays.

LA PRÉSIDENTE.

Que pouvons-nous faire en sa faveur ?

M. DE LIRAY.

En présence de la mort qui doit le frapper demain, cet honnête homme, victime de la férocité de nos lois, a fait un un appel à votre pitié, à votre cœur miséricordieux: il ose vous supplier d'intercéder pour lui auprès de Monsieur le Chancelier.

Il lui présente un placet.

LA PRÉSIDENTE.

Il m'avait promis d'assister au bal de mes enfans, je l'attends. Donnez, mon ami ; je vous promets de lui parler, avec toute la chaleur de l'amitié.

M. DE LIRAY, avec une grande énergie.

J'en suis sûr. Vous m'avez prouvé souvent que vous avez l'âme généreuse et belle. Moi, je vais me jeter aux pieds du Roi. Il chasse aujourd'hui à Marly et doit diner à Luciennnes. Madame Dubarry en me donnant ces détails, m'a promis de me ménager une audience. J'y cours. « Sire, lui dirai-je en découvrant » ma poitrine, voyez ces nobles cicatrices. Ces blessures, je les » ai reçues en combattant les ennemis de Votre Majesté. Pour » la première fois j'ose en demander le prix. Accordez-moi la » grace de mon fidèle serviteur, de mon ami, qu'une er- » reur funeste va traîner à l'échafaud. Je reconnaîtrai ce » bienfait, Sire, en montant le premier à l'abordage dans le » prochain combat, et en me faisant tuer pour l'honneur de vos » armes. »

LA PRÉSIDENTE.

Il ne pourra vous résister.

M. DE LIRAY.

J'y compte. Au revoir, Madame.

Il sort vivement.

SCÈNE III.

LA PRÉSIDENTE.

Celui qui, dans une condition obscure, inspire, par sa bonne conduite et ses longs services, un attachement aussi vif, aussi profond, ne peut être un malhonnête homme, encore moins un criminel. Non, Germain n'est pas coupable. Voyons sa lettre : « Madame la Présidente, vous me connaissez depuis « longtems. J'ai été élevé dans la crainte de Dieu, j'ai marché « toute ma vie dans le sentier de l'honneur et de la probité. « Accusé d'un crime dont la seule pensée me fait horreur, j'ai « nié d'abord; mais il m'ont mis à la question, je me sentais « mourir et j'ai dit oui, à tout ce qu'ils m'ont demandé, j'ai « menti pour la première fois de ma vie, Madame, et l'on m'a « condamné. Demain je monterai sur un échafaud, on m'atta- « chera à la roue, on brisera mes membres avec une barre de « fer, mais ce qui met le comble à mon désespoir, chaque « coup frappé par le bourreau ira retentir au cœur de mon « vieux père, et nous mourrons ensemble, moi, déchiré en « lambeaux, lui, du désespoir d'avoir mis au monde un fils « infâme!.. Car il devra me croire coupable, Madame; la « justice ne saurait se tromper... On le dit au moins. Par « pitié ne permettez pas ce double assassinat commis au nom « de la loi. Monsieur votre frère est le chef suprême de la ma- « gistrature. Il vous aime, vous pouvez tout obtenir de lui. « Sollicitez un sursis, un délai pendant que mon digne maître « se pourvoira auprès du roi. Exaucez ma prière, Madame, « Dieu vous récompensera dans vos enfans. » *La Présidente a lu d'une voix très-émue et elle a pleuré.* Oui bon Germain... Je l'exaucerai... Il ne dépendra pas de moi... voici mon frère.

SCÈNE IV.

LE CHANCELIER, LA PRÉSIDENTE.

LA PRÉSIDENTE, *lui présentant la lettre de Germain.*

Lisez, mon frère.

LE CHANCELIER.

Quest-ce que cela?

LA PRÉSIDENTE.

La supplique d'un malheureux, qui n'a plus que quelques heures à vivre, si vous ne lui êtes favorable.

LE CHANCELIER, *a ouvert le placet.*

Germain! hélas! ma sœur! je prends une part bien sincère à la douleur que cet événement cause à vos amis et à vous, mais je ne puis rien dans cette affaire.

LA PRÉSIDENTE.

Ah! que me dites-vous?

LE CHANCELIER.

Immédiatement après le prononcé de la sentence rendue par le Châtelet, le lieutenant-criminel, m'a envoyé le dossier en me priant d'y porter un regard attentif et scrupuleux. J'ai procédé sur-le-champ à l'examen des pièces et j'ai reconnu avec chagrin que tout est en règle dans cette procédure. Je n'y ai trouvé aucun moyen de nullité.

LA PRÉSIDENTE.

Mais s'il n'avait cédé qu'à la violence des tortures?

LE CHANCELIER.

Je n'ai tiré nulle conséquence de ses aveux. Ma conviction, se fonde sur des rapports authentiques que nous devons croire fidèles, des circonstances accablantes qui attestent un fait positif, irrécusable. La vérité a frappé mes yeux comme ceux des hommes éclairés dont j'ai lu les noms au bas de cet arrêt, sévère sans doute, mais juste et nécessaire.

LA PRÉSIDENTE.

Nécessaire!

LE CHANCELIER.

Oui. La société réclame de nous, non pas vengeance, mais sécurité. C'est là l'esprit de la loi que nous avons juré d'observer religieusement.

LA PRÉSIDENTE.

Mais ce malheureux proteste qu'il est innocent.

LE CHANCELIER.

Les plus grands scélérats le protestent aussi jusqu'à la fin et voilà pourquoi le prêtre qui les assiste a toujours soin, dans la vue de leur salut, de provoquer une dernière confession, au pied de l'échafaud, à ce moment suprême où le condamné sans espoir, et n'ayant plus aucun intérêt à déguiser la vérité, la laisse échapper de son sein par effroi des peines éternelles.

Un domestique annonce monsieur Duhamel.

SCÈNE V.

LE CHANCELIER, DUHAMEL, LA PRÉSIDENTE.

LA PRÉSIDENTE, *allant au-devant du lieutenant-criminel.*

Ah! venez mon digne ami! venez plaider vous-même une cause que je tremble de voir perdue.

DUHAMEL, *très-ému et dont l'énergie ira toujours croissant jusqu'à la fin de cette scène.*

Monsieur le Chancelier, je me suis présenté plusieurs fois à votre hôtel, mais sans doute un ordre sévère m'en avait personnellement interdit l'entrée, puisque je n'ai pu parvenir jusqu'à vous.

LE CHANCELIER.

Dans une affaire aussi grave que celle-ci, Monsieur, et d'après le vif désir que vous m'avez exprimé, un profond recueillement était indispensable. Je devais rester seul avec ma conscience.

DUHAMEL.

Je ne puis qu'approuver ce noble scrupule.

LE CHANCELIER.

J'ai tout lu, tout examiné.

DUHAMEL, *avec un espoir visible.*

Eh bien ?

LE CHANCELIER.

L'arrêt doit être maintenu.

DUHAMEL, *atterré.*

Ah !

Moment de silence,

LE CHANCELIER.

Vous avez bien jugé.

DUHAMEL.

Moi! oui, car seul je l'ai absous.

LE CHANCELIER.

Seul ?

DUHAMEL.

Oui, Monsieur. La condamnation a été unanime de la part des autres juges. Convaincu de son innocence je me suis abstenu.

LE CHANCELIER.

Je ne puis vous blâmer.

DUHAMEL.

Mais je n'en ai pas moins signé la sentence, et je ne puis
vous peindre l'horreur du supplice que j'éprouve depuis que
j'ai disposé de la vie de mon semblable. Le sang va couler,
c'est moi qui l'aurai répandu,

LE CHANCELIER.

Non, car il n'a pas dépendu de vous de soumettre la conscience des autres juges à la vôtre, et vous devez croire qu'en
matière de législation, l'opinion qui réunit le plus grand
nombre de suffrages, est la plus juste et la mieux fondée.

DUHAMEL.

Et si le véritable auteur du crime que vous punissez aujour-
d'hui est enfin découvert, ma vie tout entière sera donc chargée
du poids affreux d'un meurtre? Le jour, la nuit, je serai in-
cessamment dévoré du remords d'avoir fait périr un innocent?..
et de quelle mort! grand Dieu! sur la roue! oh! m'en préserve
le Ciel!

LE CHANCELIER,

Ces erreurs...

DUHAMEL.

Ne sont que trop communes. Hélas! les annales de tous les
pays nous offrent, malheureusement, de nombreux exemples de
cette affligeante vérité. Ah! Madame! (*Il se tourne vers la Présidente qui s'est assise*). Qu'il est affreux le sort d'un homme
prevenu d'un crime capital. Après des semaines, des mois, des
siècles d'angoisses, on le tire de son cachot, on l'entoure, on
l'emmène, et tout-à-coup comme un spectre échappé à la tombe,
il entre dans le sanctuaire de la justice, précédé par le bruit de
ses chaînes et par une funeste prévention qui va dénaturer ses
paroles et jusqu'à sa pensée; car c'est seulement pour la forme
qu'on daigne l'entendre; il est condamné d'avance, le jour du
supplice est fixé et déjà les fenêtres sont louées sur son passage.
Cependant on le fait asseoir sur la sellette, puis on l'accable
coup sur coup d'une multitude de questions qui se croisent, se
heurtent et se contredisent; le cœur de cet infortuné se serre,
sa raison se trouble, sa mémoire l'abandonne, il balbutie, il
cherche ses réponses, mais en levant ses yeux vers ses juges,
il aperçoit sur leurs fronts l'impatience et l'ennui, et ces
juges sont les siens!.. Ils vont prononcer sur sa destinée!..
saisi d'effroi, il tremble, il se coupe, il nie, il se tait. Alors on
l'entraîne... Les instruments de torture sont là... Tout près...
Le bourreau saisit sa proie... Le malheureux avoue! et il est
condamné!.. Et l'arrêt doit être exécuté dans les vingt-quatre
heures! et ce condamné est souvent la victime d'une erreur!..
Ah! cette pensée est horrible. Je vous en supplie, Monsieur,

pour l'honneur de la magistrature, invoquez une loi qui retarde et mûrisse les jugemens criminels; il est toujours trop tôt pour envoyer un homme à l'échafaud.

La Présidente s'est attendrie à ce récit, elle pleure.

LE CHANCELIER.

Je suis loin de blâmer la pitié; mais gardons-nous surtout de mettre des émotions de femmes à la place des devoirs de citoyen et de magistrat. Vous n'avez pas oublié sans doute l'assassinat de Dudoyer et la terreur répandue dans Paris, il y a six mois par suite d'un attentat semblable à celui-ci. Germain est évidemment coupable. On a trouvé sur lui les pièces d'or déposées par le négociant Nobé.

DUHAMEL.

D'Anglade aussi a été condamné sur l'indentité apparente de pièces d'or trouvées sur lui avec celles que réclamaient ses accusateurs, et D'Anglade est mort innocent.

LE CHANCELIER.

L'accusation contre Germain est appuyée de nombreux témoignages rendus par ceux qui l'ont arrêté.

DUHAMEL.

Mais, Monsieur, ces hommes sont vos agens, ils ont intérêt à trouver des coupables; ce sont des témoins suspects.

LE CHANCELIER.

L'intérêt de la société à empêcher la multiplicité des crimes exige que par une salutaire interprétation des lois, la justice admette quelquefois comme preuves, les probabilités, les présomptions et même des témoignages intéressés.

DUHAMEL.

Quoi! je serai condamné, non parceque je suis convaincu, terrassé par des preuves irrécusables, mais parcequ'il est dans l'intérêt de la société d'effrayer les malfaiteurs par des exemples?

LE CHANCELIER.

Mais si, dans certains cas, la justice s'abstient de condamner sur de fortes présomptions, nous serons égorgés dans nos maisons.

DUHAMEL.

Mais si la justice condamne sur des présomptions, moi, je serai égorgé sur l'échafaud! lequel est le plus juste?

LE CHANCELIER.

La compassion vous aveugle et vous entraîne au-delà des bornes. Ici le condamné a avoué son crime.

DUHAMEL.

Oui, sur le chevalet, au milieu des tortures! Faire de la douleur une règle de vérité est une pensée féroce, échappée au règne de Tibère et aux tribunaux sanglans de l'Inquisition! en effet, combien de coupables ont évité le supplice en supportant courageusement la question! combien d'innocens ont péri par la main du bourreau parce qu'ils n'ont pu soutenir ces épreuves cruelles! combien d'autres enfin, sans avoir fait l'aveu du crime qu'il n'avaient pas commis, sont morts à la suite des tourmens qui avaient brisé leurs membres et détruit en eux le principes de la vie! ah! faisons des vœux pour qu'un roi de France abolisse cet usage barbare! son peuple lui érigera une statue. Il aura bien mérité de l'humanité tout entière.

LE CHANCELIER.

C'est une autre législation que vous demandez, c'est la révision de notre code pénal.

DUHAMEL.

Oui, sans nul doute. Je veux la mort à qui la donne, mais je veux que l'on mette un terme aux assassinats juridiques.

LE CHANCELIER.

Monsieur!..

DUHAMEL.

Je ne puis nommer autrement des condamnations sans preuves. Juste ciel! on peut condamner sans preuves et avec des témoins suspects. Oh! périsse dans un siècle de lumière cette maxime née dans un siècle de barbarie. Si vous voulez qu'elle subsiste encore dans les tribunaux du royaume, cette funeste maxime, faites-la tracer en gros caractères, attachez-la sur les gibets et les roues que vous couvrez de victimes innocentes, faites-la publier partout. Faites-la graver sur le bronze et l'airain pour qu'aucun citoyen n'en puisse prétendre ignorance. Alors tous les fronts pâliront d'effroi, mais du moins ceux qui voudront encore de la vie, iront l'ensevelir dans les forêts, dans les déserts, au milieu des animaux féroces, moins à craindre cent fois que les vautours humains.

LE CHANCELIER.

Monsieur, comme chef de la magistrature, je ne puis tolérer plus long-tems un pareil langage. Sans l'estime particulière que vous porte ma sœur, je vous aurais imposé silence. Je me bornerai seulement à vous témoigner ma surprise de vous voir remplir les fonctions de lieutenant-criminel du Châtelet, lorsque vous professez un si profond mépris pour notre législation pénale.

DUHAMEL.

Attaché pendant trente ans à la magistrature civile, c'est

depuis six mois seulement que le Roi m'a daigné revêtir de ces fonctions importantes. Jusqu'ici aucune cause ne m'avait révélé les abus que je signale. Si je faisais exécuter aujourd'hui une sentence que ma conscience juge contraire à la loi naturelle, je cesserais de me regarder comme un homme de bien. Permettez donc que je dépose entre vos mains ma démission.

LE CHANCELIER, avec sévérité.

Je ne la reçois point, Monsieur. C'est au roi qu'il faudra l'adresser et je dois vous dire que le moment ne lui semblera pas opportun, ni le prétexte bien choisi.

Il sort très animé.

SCÈNE VI.

DUHAMEL, LA PRÉSIDENTE.

LA PRÉSIDENTE

Qu'avez-vous fait, mon ami?

DUHAMEL.

Mon devoir.

LA PRÉSIDENTE.

Exige-t-il donc un aussi grand sacrifice?

DUHAMEL.

L'honneur, Madame, l'honneur avant tout. je veux que tout le monde en France sache que j'ai blâmé cette condamnation plus infâme encore pour les juges que pour le malheureux qu'elle a frappé.

SCÈNE VII.

DUHAMEL, AGATHE, LA PRÉSIDENTE, CLÉMENTINE.

AGATHE, accourant.

Mon Dieu! que s'est-il donc passé? quand Monsieur le Chancelier est sorti du salon, il paraissait bien en colère.

CLÉMENTINE.

Apeine nous a-t-il regardés.

AGATHE.

Il a traversé rapidement la chambre où nous dansions.

CLÉMENTINE.

Et il est parti sans nous dire un seul mot.

8.

AGATHE.

Vos éclats de voix nous ont effrayées.

CLÉMENTINE.

Agathe et moi nous sommes accourues près de la porte, mais nous n'avons pas osé entrer.

LA PRÉSIDENTE.

Vous avez bien fait.

AGATHE.

Quel est donc le motif de cette querelle ? ne puis-je le connaître ?

DUHAMEL.

Non, ma fille. Ces détails sont au dessus de votre âge.

~~~~~~

SCÈNE VIII.

AGATHE, DUHAMEL, M. DE LIRAY, LA PRÉSIDENTE, CLÉMENTINE.

Monsieur de Liray entre vivement et en s'essuyant le front.

LA PRÉSIDENTE , *avec empressement.*

Hé bien ! qu'avez-vous obtenu ?

M. DE LIRAY.

Rien.

DUHAMEL.

Comment ! le Roi...

M. DE LIRAY.

M'a refusé et assez durement même. Il avait été prévenu par le Chancelier, car il ma paru fort au-courant de l'affaire. Ce sont tous des aveugles qui repoussent la lumière.

DUHAMEL.

Oh ! mon Dieu !

LA PRÉSIDENTE

Faudra-t-il que ce pauvre Germain périsse ! et de la mort des malfaiteurs !

Tous s'asseoient et sont accablés. Agathe pleure auprès de son père , Clémentine auprès de sa mère. Moment de silence interrompu seulement par des pleurs.

DUHAMEL , *se frappant les mains.*

N'est-il donc aucun moyen de le sauver ?

M. DE LIRAY.

Non, c'est un homme perdu.
~~~~~~

LA PRÉSIDENTE, *se levant.*

Attendez. Mon frère vient de m'en ofirir un peut être. *(Tout le monde se lève et se rapproche. La Présidente est au milieu du groupe).* Les malheureux que l'on mène au supplice, sont accompagnés par un prêtre qui reçoit leur confession dernière. Je n'en connais point dont l'éloquence soit plus persuasive plus entraînante que le père Arsène. Courez, Monsieur de Liray; courez auprès du rapporteur. Demandez et obtenez la préférence pour ce religieux si distingué. Que ce soit lui qui exhorte la malheureuse victime.

M DE LIRAY.

J'y cours. Nous ne devons rien négliger.

DUHAMEL.

Moi aussi, je cours... Ah! C'est du Ciel que vous est venue cette heureuse inspiration. Adieu.

M. Duhamel et M. de Liray sortent

vivement.

LA PRÉSIDENTE.

Mes vœux vous accompagneront!

Elle les suit jusqu'à l'entrée du salon, avec Agathe et Clémentine.

Fin du deuxième acte.

ACTE TROISIÈME.

PREMIER TABLEAU.

Le théâtre représente le parloir du couvent des Célestins. A gau-
che, la porte d'entrée. A droite, la porte de l'infirmerie. Au
fond, à gauche, une croisée donnant sur le jardin. A droite,
un vieil escalier en bois, qui mène à un étage supérieur. Il y a
une croisée sur le palier qui est en face du public, à la hauteur
de six à sept marches.

SCÈNE PREMIÈRE.

HONORINE, *seule.*

Déguisée en savoyard, Honorine a grimpé après le treillage appliqué extérieurement au mur du fond. Parvenue à la hauteur de la croisée, elle
passe la tête, et regarde dans l'intérieur du parloir.

Personne! heureusement. (*Elle entre par la fenêtre ouverte.*)
M'y voilà. Maintenant que je touche au but tant désiré, je
comprends toute la témérité de ma démarche, et ses conséquences m'épouvantent. N'importe, je les brave. Ma douleur
était devenue intolérable. Un mois! tout un mois sans le revoir, sans lui parler! sans connaître son état autrement que
par les rapports mensongers, sans doute, des religieux chargés de tromper la foule qui assiège l'entrée du couvent. Mêlée parmi ces dévotes inconsolables, et tenant dans mes bras
mon cher enfant, depuis un mois, chaque aurore m'a vue
arriver la première auprès de la porte fatale qui me séparait
du bien-aimé, et y rester jusqu'à la nuit, sur une pierre que
j'arrosais de mes larmes. Mais vivre ainsi m'était devenu impossible, je me sentais mourir. Mourir! et le puis-je? n'ai-je
pas un enfant? et comment quitter la vie sans avoir revu,
embrassé mon Alexis une dernière fois!.. Oh! non... cette
punition serait trop cruelle, je ne l'ai pas méritée. Et puis cet
or, qu'il m'a fallu garder malgré moi, que dois-je en faire?
je n'en puis disposer sans le conseil d'Alexis... Cependant un
homme est condamné pour un vol de pareille somme, et il
se prétend innocent!.. Tous ces événemens qui se compliquent, sont-ils l'œuvre du hasard? Mon âme s'en épouvante.
Je suis en proie aux plus sombres terreurs... Cette angoisse
de tous les instans a épuisé mes forces. J'ai dû tout braver

pour revoir Alexis. Avec le secours de la bonne Agathe, je me suis procuré ce vêtement. Accompagnée d'un petit ramoneur, j'ai offert mes services ; on les a acceptés, et nous avons franchi le seuil redoutable. En me glissant le long du cloître, j'ai osé pénétrer jusqu'ici. L'infirmerie est tout près : c'est là, sans doute, que souffre mon Alexis... c'est là qu'il gémit, quand son cœur lui rappelle Honorine et notre fils... Mon Dieu ! donne-moi du courage... inspire-moi les réponses que je dois faire pour ne me point trahir, et arriver jusqu'à lui !.. Personne ne m'a vue...

SCÈNE II.

AMBROISE, HONORINE.

Ambroise, monté sur une échelle, paraît à la croisée en dehors.

AMBROISE , *à part.*

Personne ? hé ben, v'là ce qui te trompe.

HONORINE *, s'avançant vers la porte de l'infirmerie.*

Peut-être il sera seul.... Allons.

AMBROISE, *entrant.*

Attends ! attends ! petit filou !

HONORINE, *se retournant.*

Quelqu'un ! (*à part.*) Je suis perdue.

AMBROISE.

Où donc qu' tu vas comme ça, voleur ? j' t'y prends.

HONORINE.

Je ne suis pas un voleur.

AMBROISE.

A-t-il du front, c' vaurien-là ?

HONORINE.

Je n'ai que de bonnes intentions.

AMBROISE.

Oui-dà ? Quand on a des bonnes intentions, on frappe tout bellement à la porte du parloir, et on n'entre point par la fenêtre, au risque de casser mon trillage ; mais j' t'avais vu de loin, par bonheur.

HONORINE.

Oh ! mon Dieu !

AMBROISE.

Hé ben ! quoi qu t'y veux, au bon Dieu ? Y n'aime ni

les fainians, ni les voleurs : par ainsi, donc, y n' te répondra
pas. Viens-t-en par ici. J' vas te mener au révérend Père
Prieur.

HONORINE.

Oh ! non. Ayez pitié de moi. Vous avez l'air sensible et
bon.

AMBROISE.

Du tout.

HONORINE.

Permettez que j'entre un moment là.

AMBROISE.

Là ? c'est l'infirmerie.

HONORINE.

Je le sais.

AMBROISE.

Pourquoi faire ? il n'y a pas de cheminée...

HONORINE.

Je voudrais voir les malades.

AMBROISE.

Les malades ? justement gn'y en a qu'un, le père Arsène,
et personne ne le voit. Il a la fièvre chaude. Il est fou.

HONORINE.

Fou ! le malheureux !

AMBROISE.

J' crois ben qu' c'est malheureux !.. La providence du couvent !

HONORINE, douloureusement.

La mienne aussi !

AMBROISE.

Tiens, la tienne ! en v'là d'une autre, à présent ! Comment
donc ça ?

HONORINE.

Chaque fois qu'il prêche, je vais l'entendre : cela me donne
du courage. Si vous saviez comme j'en ai besoin !

AMBROISE.

Ta, ta, ta, petit fripon ! tu n'as pas besoin d' chercher des
pertexes, j' t'ai deviné. C'est pas à l'infirmerie, c'était au
réfectoire ou ben à la sacristie que tu voulais te glisser pour
faire un bon coup, pas vrai ? Mais bernique ! Ambroise était
là. Gn'y a pas mèche.

HONORINE, à genoux.

Je le jure devant Dieu, M. Ambroise, vous vous trompez.
Je n'avais aucun mauvais dessein.

AMBROISE.

Alors, pour queu raison que tu t'as déguisé?

HONORINE.

Je ne suis pas déguisé.

AMBROISE.

Petit menteur! t'as la figure trop blanche et les mains trop propres pour un ramoneux. A d'autres! c'n'est pas moi qu'on attrape. Au surplus, v'là monsieur le docteux. J' vas y demander ce qu'il en pense. Nous voirons d' quoi qu'y retourne.

SCÈNE III.

HONORINE, AMBROISE, LE DOCTEUR.

AMBROISE, entraînant Honorine vers le docteur.

Qu'en dites-vous, Monsieur le docteux? voulez-vous bailler à c' petit ramoneux la permission de voir le père Arsène?

LE DOCTEUR, avant d'avoir vu Honorine.

Personne... (*avec surprise, et en la reconnaissant.*) C'est vous, Madame?

AMBROISE, à part.

Madame!.. Ah! bonne sainte Vierge! une femme dans c'te maison! J' vas ben vite le dire au père Prieur, d' peur qu'on me chasse.

Il lâche Honorine comme s'il avait touché une pestiférée,
et sort par la gauche.

SCÈNE IV.

HONORINE, LE DOCTEUR.

HONORINE.

Au nom du ciel, Monsieur, ne me trahissez pas.

LE DOCTEUR.

Qui vous amène ici?

HONORINE, baissant les yeux.

Vous devez le savoir.

LE DOCTEUR.

Non, Madame.

HONORINE.

Cependant, M. Duhamel...

LE DOCTEUR.

Ne m'a rien dit.

HONORINE, *à part.*

Excellent homme ! il a respecté notre secret.

LE DOCTEUR.

Pourquoi ce déguisement ?

HONORINE.

Je sais que l'entrée du couvent est sévèrement interdite aux femmes, et je veux parler au père Arsène.

LE DOCTEUR.

C'est impossible.

HONORINE,

Il le faut, Monsieur, il le faut absolument.

LE DOCTEUR.

Il est hors d'état de recevoir qui que ce soit.

HONORINE.

Peut-être ma présence amènera-t-elle une crise favorable.

LE DOCTEUR.

Il est plus probable qu'elle lui serait funeste.

HONORINE, *avec un accent pathétique.*

Oh ! mon Dieu, dans la position désespérée où je me trouve... il s'agit d'un secret qui peut compromettre sa vie, la mienne, celle d'un autre... Je ne puis tout vous dire, Monsieur, mais je meurs à vos pieds si vous me repoussez.

LE DOCTEUR.

Honoré de la confiance de cette sainte maison, je puis oins qu'un autre enfreindre ses réglemens. Consentez à me suivre, Madame. Je vous conduirai chez le père Prieur : peut-être il cédera à nos sollicitations réunies. C'est tout ce que je peux faire.

SCÈNE V.

AMBROISE, DEUX DOMESTIQUES, HONORINE, LE DOCTEUR.

AMBROISE, *montrant Honorine.*

La v'là ! mettez-la dehors.

HONORINE, *s'attachant au bras du docteur.*

Défendez-moi, Monsieur.

LE DOCTEUR.

Un moment, Messieurs, je vais la conduire moi-même.

AMBROISE.

C'est de l'ordre du père Prieur. Obéissez, vous autres.

LE DOCTEUR.

Pas de violence, au moins.

HONORINE, *résistant.*

Je ne m'en irai pas. Alexis! Alexis!

LE DOCTEUR.

Je vous suis.

On entraîne Honorine. Tout le monde sort.
Ambroise ferme la porte du parloir.

SCÈNE VI.

Alexis, en désordre, sort brusquement de l'infirmerie.

ALEXIS, *avec égarement.*

Me voilà! me voilà! Tais-toi, ma femme, M. Duhamel est ici... Oui, il est monté pendant ton absence... Il t'a accusée, je t'ai défendue; c'était mon devoir, n'est-ce pas? Vois-tu, chère Honorine, à présent il sait tous nos secrets... tous... excepté celui que je ne peux confier à personne, pas même à toi. Un secret horrible! épouvantable! qui me conduirait à l'échafaud si l'on savait que j'en suis l'auteur... Mais tu ne le diras pas, toi! notre fils serait déshonoré, et tu l'aimes, notre fils! tu l'aimes autant que moi... Paix!.. entends-tu les Exempts? ils ne se sont pas trompé, cette fois. C'est bien moi qu'ils cherchent... oui... ils sont toujours dans ma chambre... Dès qu'ils seront partis, je retournerai au couvent... Il me tarde d'y rentrer... Oh! si j'avais pu le trouver à la place de son or, ce méchant oncle! Il lui fallait une récompense pour l'appui qu'il avait prêté à mes persécuteurs; on lui abandonna la pension de cent louis que mon père me faisait annuellement : il eut la lâcheté de l'accepter. Parent dénaturé! m'ensevelir dans un cloître, se faire mon héritier avant ma mort!.. réduire une demoiselle noble, une riche orpheline, mon épouse enfin, à mourir de faim et de misère... assassiner mon pauvre enfant! Quelques heures encore, et ces deux infortunés périssaient... Oh! j'en deviendrai fou!

Il tombe sur un banc à droite, et paraît ne plus voir et ne plus entendre ce qui se passe autour de lui.

~~~~~~

SCÈNE VII.

AMBROISE, ALEXIS.

AMBROISE, *ouvrant la porte du parloir.*

J'ai oublié de fermer c'te fenêtre et celle de l'escalier à côté. Il ne faut pas négliger ça. S'il prenait fantaisie à notre fou... Le v'là... Tiens! pourquoi donc qu'il a sorti de l'infirmerie? quoi qu'il fait là? il n' bouge pas... il ne dit rien... m'est avis qu'il dort... tant mieux. (*Il ferme la porte du parloir, et va doucement placer un cadenas à la croisée du fond à gauche.*) Là! v'là qu'est bien. A présent, l'autre qui donne sur la rue. Elle est encore plus insentielle. Dans un accès, il pourrait décamper par là.

ALEXIS.

Hein? il m'a semblé qu'on ouvrait.

AMBROISE, *à part.*

Au contraire, on a fermé.

ALEXIS, *d'une voix forte.*

Qui est là?

AMBROISE, *à part.*

Oh! la! la! v'là la peur qui m' galoppe.

Il reste en place, et n'ose franchir l'escalier.

ALEXIS.

Entends-tu, Honorine? ce sont les exempts qui veulent entrer. Malheur à eux! (*Il se lève furieux, et s'avance vers Ambroise.*) Que veux-tu?

AMBROISE, *tremblant.*

Je ne veux rien, absolument rien.

ALEXIS.

Tu disais?..

AMBROISE, *de même*

J'ai rien dit.

ALEXIS.

Tu ne sais donc pas que je suis décidé à tout?

AMBROISE, *de même.*

Je le vois ben.

ALEXIS, *le prenant au collet.*

Misérable! et je n'ai point d'armes!
~~~~~~

AMBROISE, *de même.*

Il ne l'y manquerait plus que ça.

ALEXIS.

Sors d'ici, malheureux.

AMBROISE.

Je ne demande pas mieux, mon père.

ALEXIS, *encore plus furieux et le resaisissant.*

Mon père ! Tu me connais donc ?

AMBROISE, *à part.*

Tiens ! si je le connais !

ALEXIS.

Je ne veux pas que tu me connaisses.

AMBROISE, *à part.*

Par exemple !

ALEXIS.

Non, je ne le veux pas. Tu irais publier mon secret.

AMBROISE-

Gn'y a pas de danger, je le sais pas.

ALEXIS.

Tu ne sortiras d'ici que mort.

AMBROISE.

Il lutte avec Alexis, qui le terrasse.

Oh! la, là ! à moi ! au secours ! à l'assassin !

~~~~~~

SCÈNE VIII.

M. DE LIRAY, AMBROISE, LE DOCTEUR, ALEXIS.

LE DOCTEUR.

Qu'est-ce ? pourquoi ce bruit ? ces violences ?.. Mon père, ce n'est pas là ce que vous m'aviez promis.

ALEXIS, *qui est revenu sur son banc.*

C'est lui qui m'a provoqué. Chassez-le d'ici.

LE DOCTEUR.

Sortez, Ambroise. Laissez-nous.

AMBROISE.

Ben volontiers. Gn'y a rien d' bon à attraper auprès de ce damné fou.
~~~~~~

SCÈNE IX.

LE DOCTEUR, M. DE LIRAY, ALEXIS.

LE DOCTEUR.

Approchez, Monsieur le Marquis, et puissiez-vous réussir.
Voilà le père Arsène. Quand je l'ai quitté tout-à-l'heure, il
était bien. Ses idées étaient lucides; mais il vient d'éprouver
une vive contrariété, et il est à craindre que maintenant...

M. DE LIRAY, *à Alexis, qui est appuyé sur son bras gauche, le dos
tourné à ses interlocuteurs; il parait retombé dans son abatte-
ment.*

Mon père...

ALEXIS, *relevant la tête, et tout près de rentrer en fureur.*

Encore!..

LE DOCTEUR.

Calmez-vous, et écoutez Monsieur le Marquis de Liray : il
est de vos amis.

M. DE LIRAY.

Laissez-moi seul avec lui, Docteur.

LE DOCTEUR.

Vous ne craignez pas?..

M. DE LIRAY.

Que puis-je craindre?.. Cependant, ne vous éloignez pas
trop. Si votre assistance lui est nécessaire, je la réclamerai.

LE DOCTEUR.

J'y consens.

Le docteur entre dans l'infirmerie.

SCÈNE X.

M. DE LIRAY, ALEXIS.

M. DE LIRAY.

Mon père, je me suis chargé près de vous d'une mission
délicate et difficile, je le sais; mais comme elle se rattache à
votre haute renommée, vous ne refuserez pas de m'entendre,
et peut-être même d'exaucer ma prière. C'est un grand acte
de piété que je sollicite de vous. (*Alexis écoute sans tourner
la tête. — C'est au mouvement de sa physionomie que l'on juge
de l'attention qu'il prête à ce qu'on lui dit, et de l'impression*

qu'il en reçoit.) Un vol accompagné de circonstances fort extraordinaires a été commis, il y a un mois, dans l'allée des Veuves, aux Champs-Elysées.

ALEXIS, *revenant peu à peu à la raison, à part.*

L'allée des Veuves?

M. DE LIRAY.

Un ancien négociant bien connu, M. Nobé...

ALEXIS, *de même.*

L'infâme!

M. DE LIRAY.

Avait reçu l'ordre d'enterrer cent louis aux pieds d'un arbre.

ALEXIS, *de même.*

Cent louis!.. c'est cela.

M. DE LIRAY.

On les a pris en effet au pied de cet arbre, et avec une audace inouie, presque sous les yeux des exempts.

ALEXIS, *de même.*

Oui.

M. DE LIRAY.

Et par une inconcevable fatalité, on a attribué ce vol à mon domestique, homme d'une probité reconnue, et duquel je réponds comme de moi-même. Cédant à la violence des tortures, il s'est avoué l'auteur du crime ; et malgré les sollicitations les plus pressantes et les protestations énergiques de M. Duhamel...

ALEXIS, *de même.*

Duhamel!.. brave homme!

M. DE LIRAY.

Mon pauvre Germain a été condamné... *(Alexis paraît en proie à une violente agitation : toutefois il se contient, et ne quitte pas sa place.)* Condamné à périr sur la roue.

ALEXIS, *se levant brusquement, et avec le sentiment de l'horreur.*

Sur la roue!.. Oh! c'est affreux!

Il retombe.

M. DE LIRAY.

Depuis deux ans, il n'a pas manqué un seul de vos sermons. Il professe pour vous une admiration profonde. Vous lui semblez un Dieu. Il demande, pour unique faveur, d'être assisté et conduit par vous au lieu de l'exécution, et nous avons tous accueilli sa prière avec transport, non pas que nous ayons la coupable pensée que vous obtiendrez de lui l'aveu d'un crime qu'il n'a pas commis ; son âme est pure

comme celle d'un ange ; mais quand vous aurez reçu sa
confession dernière, mon ami et moi, nous comptons sur
votre éloquence entraînante pour proclamer à haute voix
l'innocence de ce malheureux, et réclamer en sa faveur l'assistance du peuple. Ses mille voix se joindront à la vôtre pour
obtenir la révocation d'une sentence inique, à jamais infâme
pour les magistrats français.

> Alexis a recouvré toutes ses facultés intellectuelles. Il
> se lève. Dans ce moment, son parti est pris.

ALEXIS, *d'un ton solennel.*

Je comprends, Monsieur, tout ce que cette mission a d'honorable pour moi, et je suis prêt à la remplir quand vous le
jugerez à propos.

M. DE LIRAY.

C'est aujourd'hui même.

ALEXIS, *à part.*

Aujourd'hui !

M. DE LIRAY.

Dans une heure.

ALEXIS, *à part.*

Dans une heure !

M. DE LIRAY.

Le supplice s'apprête.

ALEXIS, *à part.*

On ne me laissera pas sortir. (*Haut.*) Accordez-moi quelques instans, Monsieur. J'ai besoin de me recueillir.

M. DE LIRAY.

Je vais retrouver le docteur, nous reviendrons ensemble.

> M. de Liray entre dans l'infirmerie.

SCÈNE XI.

ALEXIS, *seul, après avoir tiré un verrou derrière M. de Liray.*

Un autre va périr à ma place, et cet autre est innocent !..
et je ne l'ai pas su plus tôt !.. Oh ! comble de misère... Attends-moi, malheureux... j'accours te sauver.... Mais
Honorine ! mon fils !... Adieu...L'honneur l'exige... avant
tout la conscience et l'honneur.... Attends-moi, Germain, me
voilà.

> Il court au fond, franchit l'escalier, et
> s'élance par la fenêtre.

DEUXIÈME TABLEAU.

*Le théâtre représente une chambre de l'Hôtel-de-Ville, au pre-
mier étage Le fond est garni par de larges croisées qui per-
mettent de voir tout ce qui se passe au dehors, quand les
rideaux sont tirés. La place est éclairée par de nombr ux flambeaux. La cloche de Saint-Gervais fait retentir le glas fu-
nèbre. On entend au loin, dans des directions opposées, la
voix glapissante des colporteurs, mais sans distinguer leurs paroles. On entend le bruissement de la foule. Des patrouilles du
guet traversent la place. La foule s'agite en ondoyant. C'est en
un mot un tableau vivant de la nature populaire prise sur le
fait.*

SCÈNE PREMIÈRE.

M. DUHAMEL, UN HUISSIER.

M. DUHAMEL, *se promenant avec agitation.*

La Présidente ne vient point! cependant sa longue amitié
m'assure de son zèle. Peut-être elle rencontre des obstacles...
Peut-être on refuse d'appuyer ma supplique au Roi. Mais
non, je ne puis le croire. Mon langage doit être compris par
tous les cœurs généreux. Ah! Sire, au milieu de ce concert de
louanges, qui publie partout votre sagesse et votre gloire,
entendez la voix de tant d'innocens morts sur les gibets et sur
la roue. Calas, Montbailly, d'Anglade, Cahusac, Desbarreaux,
Sirven, vous crient : Prince ami des hommes ! ne passez pas
sur le trône sans nous écouter ; que notre supplice soit sans
cesse présent à votre cœur. Abolissez la question. Brisez les
instrumens de torture, ordonnez la révision des lois pénales,
la France entière vous bénira, Sire. Dépositaire de la vie des
hommes qui peuplent vos états, vous en devez compte à celui
qui juge les rois, et pèse toutes leurs actions dans la redoutable balance de l'éternité.

On entend du bruit à la porte. L'huissier ouvre.

SCÈNE II.

DUHAMEL, LA PRÉSIDENTE.

LA PRÉSIDENTE, *avec empressement.*

Mon cher Duhamel, voilà les signatures de tous ceux de mes

amis qui donnent leur adhésion à votre mémoire. Le Roi ne sera pas moins frappé de leur nombre que de la qualité et du mérite des personnes. Toutes sont entourées de la considération et de l'estime publiques.

M. DUHAMEL, *parcourant les signatures.*

Le prince de Beauvau! duc de Nivernois! duc de Penthièvre! d'Aguesseau! de Buffon! l'élite de la cour et de la magistrature!

LA PRÉSIDENTE.

Sa Majesté résistera difficilement, je le crois, à tant de sollicitations réunies.

M. DUHAMEL.

Puissiez-vous dire vrai! Malheureusement, votre frère nous est opposé.

LA PRÉSIDENTE.

Non, pas autant que vous le pensez. Je l'ai revu. Votre éloquent plaidoyer d'hier l'a vivement frappé, et il est revenu à des sentimens moins sévères. Il m'a promis d'appuyer auprès du Roi la demande en grâce.

M. DUHAMEL.

Une grâce! Germain la refuserait. C'est justice qu'il lui faut.

LA PRÉSIDENTE.

Si Louis est disposé à faire grâce, à plus forte raison accordera-t-il un sursis et les délais nécessaires pour la révision de ce malheureux procès.

M. DUHAMEL.

Ah! quel bien vous me faites!

LA PRÉSIDENTE.

Et le père Arsène, lui avez-vous parlé?

M. DUHAMEL.

Non, impossible. Je me suis présenté hier à son couvent, et malgré mon caractère, on m'a refusé l'entrée. Depuis cette semaine seulement, l'état du malade s'est amélioré. Son égarement diminue, il commence à connaître les religieux qui le soignent; mais on a sévèrement interdit toute communication à l'extérieur ou avec des personnes étrangères.

LA PRÉSIDENTE.

Ainsi, vous ignorez quel sera le confesseur de ce pauvre Germain?

M. DUHAMEL.

On m'a promis qu'à défaut du père Arsène, le Prieur se chargerait de ce pieux ministère.

Bruit à la porte. L'huissier ouvre.

SCÈNE III.

M. DUHAMEL, M. DE LIRAY, LA PRÉSIDENTE.

M. DE LIRAY, *entrant brusquament, et repoussant l'huissier.*

Hé parbleu! mon nom! ne le savez-vous pas? On n'a vu que moi, depuis trois semaines, au Châtelet, au Parlement, à la Cour, à Paris, à Versailles, partout enfin.

Il est en nage, et essuie son front.

M. DUHAMEL *et* LA PRÉSIDENTE.

Eh bien! mon ami.

M. DE LIRAY.

J'arrive du couvent. Nous n'avons rien à espérer de ce côté : je vous dirai cela plus tard. Du reste, j'ai couru toute la nuit. J'ai crevé mes chevaux depuis hier. Aussi ai-je fait une ample moisson. Non-seulement je viens fortifier votre supplique de quarante noms des plus recommandables, mais voilà une lettre très-pressante du marquis de Marigny.

M. DUHAMEL.

Bien.

M. DE LIRAY.

Un billet de la Favorite.

LA PRÉSIDENTE.

Excellent!

M. DE LIRAY.

Et une note du Lieutenant-général de police.

M. DUHAMEL.

Est-il possible?

LA PRÉSIDENTE.

Comment! M. de Sartines aussi?

M. DE LIRAY.

Madame Dubarry l'a exigé, et je dois dire qu'il y a mis une grâce infinie. (*à Duhamel.*) Donnez-moi vite votre mémoire. (*Duhamel le donne.*) Je vole au château. Je m'installe à la grille, et dût le carrosse du Roi me passer sur le corps, je serai la première personne qui lui parlera quand il mettra pied à terre, et nous verrons... Ne bougez pas d'ici. Courage, mon bon, mon digne ami. Excusez-moi, Madame, ma tête n'est plus à moi.

Il se jette au cou de Duhamel, et sort brusquement.

SCÈNE IV.

DUHAMEL, LA PRÉSIDENTE.

Un grand bruit se fait entendre au dehors. Cris confus.

M. DUHAMEL.

Que se passe-t-il sur la place? d'où vient ce tumulte? (*Il s'approche du fond, et regarde à travers les vitres.*) Un équipage traverse la foule. Voyez, Madame. Ne le reconnaissez-vous pas?

LA PRÉSIDENTE, *avec étonnement.*

C'est celui de mon frère.

M. DUHAMEL.

Le Chancelier! en un pareil moment! Que vient-il faire à l'Hôtel-de-Ville? presser l'exécution, peut-être?..

LA PRÉSIDENTE.

La voiture s'arrête ici.

M. DUHAMEL.

Quelle peut être son intention?

LA PRÉSIDENTE.

Je vais le savoir; mais n'en concevez nulle inquiétude... Au contraire... peut-être il a obtenu un sursis; et, certain de vous trouver en ce lieu, il vient vous l'apporter lui-même.

M. DUHAMEL.

Ah! daignez vous informer bien vite. Vous comprenez ma douloureuse situation.

LA PRÉSIDENTE.

J'y cours, mon ami.

Elle sort.

SCÈNE V.

Un tumulte toujours croissant s'élève sur la place. La foule se ramasse. On entend de tous côtés ces mots :

Le voici! le voici! voilà les cavaliers de la maréchaussée.

Les flambeaux qui étaient épars se rapprochent et se réunissent sur un seul point à gauche dans la direction de l'échafaud, que l'on ne voit pas.

SCÈNE VI.

DUHAMEL, *terrifié.*

Il tombe sur un siège auprès de la croisée.

Le fatal cortége approche!.. déjà! il me semble que l'on a devancé l'heure!;.. Mon Dieu! faudrait-il renoncer à l'espoir de sauver cet infortuné?.. (*Il se lève, et parcourt la scène avec la plus grande agitation.*) Mortelles angoisses! Peut-être en ce moment, le Roi, touché de nos prières... Mais s'il les repoussait!.. quel parti prendre?.. affreuse anxiété!... malheureux Germain!

Tout-à-coup une clameur sourde, et qui grossit à mesure qu'elle s'approche, s'élève sur la place. On entend distinctement ces mots :

Rangez-vous, rangez-vous, laissez passer!

ALEXIS, *en dehors, avec l'accent du désespoir.*

Le Lieutenant-criminel! où est-il, le Lieutenant-criminel?

M. DUHAMEL, *à l'huissier.*

C'est moi qu'on appelle... sachez vite... courez...

L'huissier sort.

L'HUISSIER, *au dehors.*

Par ici... par ici, mon père!

LE PEUPLE.

Laissez donc passer... pauvre homme!.. il va mourir.

SCÈNE VII.

DUHAMEL, ALEXIS, L'HUISSIER.

Alexis éperdu, égaré, épuisé de fatigue, vient tomber aux pieds de M. Duhamel.

ALEXIS.

Ah! suspendez! suspendez!.. je meurs!

Il tombe sans connaissance sur le plancher.

M. DUHAMEL.

Du secours! vite! (*Il écrit.*) Et vous... (*à l'huissier.*) Portez cet ordre à Monsieur le Conseiller-Rapporteur.

L'huissier sort. On s'empresse autour d'Alexis. Des gens officieux qui l'ont suivi, aussitôt, le relèvent et lui donnent des soins. — Le peuple, au dehors,

grimpe jusqu'à la hauteur des fenêtres, pour voir
dans l'intérieur. — Tableau animé et d'un effet
pittoresque.

ALEXIS, *revenant peu-à-peu.*

Dès qu'il a repris connaissance, il porte des regards
inquiets sur les objets qui l'entourent, et se lève
comme poussé par un mouvement de terreur.

(*En délire.*) Suspendez! suspendez!

M. DUHAMEL.

Calmez vos esprits, mon père. Les ordres sont donnés,
Remettez-vous.

ALEXIS, *à demi-voix.*

Par grâce, éloignez tout le monde.

Il essuie son front couvert de sueur. Son teint
pâle, sa figure amaigrie, attestent ses lon-
gues souffrances physiques et l'état de son
âme. Pendant que les curieux s'éloignent
en silence et en jetant un regard de compassion sur le religieux, celui-ci a les yeux
fixés vers la terre, dont il semble mesurer
la profondeur, comme pour s'y ensevelir.
L'huissier a fait disparaître les gens qui
étaient aux fenêtres. M. Duhamel fait signe
à l'huissier de sortir.

M. DUHAMEL.

Nous voilà seuls.

SCÈNE VIII.

M. DUHAMEL, ALEXIS.

Cette péripétie a pour un moment suspendu la fermentation populaire.
Frappée de stupeur, la foule attend, regarde et se tait. Cette scène aura
lieu dans un silence profond. On n'entend plus d'autre bruit que le
tintement régulier du beffroi de Saint-Gervais. Alexis, en proie à toutes les tortures, balance, hésite : il se livre en lui un combat terrible.
Tout-à-coup il se lève, et s'élance aux piéds de M. Duhamel; puis,
retenu par l'idée d'une mort ignominieuse, il recule avec terreur, retombe sur son siége, et se cache la figure avec ses mains.

ALEXIS, *à part.*

Oh! non, la force me manque.

M. DUHAMEL.

Mon père, un religieux de votre maison, le respectable
Prieur, a été mandé pour entendre la confession d'un malheureux que l'on va exécuter. C'est vous que j'avais désigné,
mais...

ALEXIS.

On m'a tout appris, il y a une heure.... A l'instant

même, j'ai recouvré la raison... J'ai tout bravé pour...
(*avec une contrainte visible.*) répondre à ce que vous attendez de
moi.

M. DUHAMEL.

Mon but, en vous chargeant de ce ministère pénible, était
de vous demander un important service.

ALEXIS.

Ordonnez, Monsieur.

M. DUHAMEL.

Déjà penché vers l'Éternité, le condamné dépose en ce
moment la vérité tout entière dans le sein du prêtre qui l'assiste. Je vendrais la connaître et je comptais sur vous pour m'en
offrir le moyen.

ALEXIS.

Comment?

M. DUHAMEL.

En me révélant ses dernières paroles.

ALEXIS.

C'est un crime.

M. DUHAMEL.

Aux yeux de l'Église, peut-être, qui plus d'une fois, cependant, a cru pouvoir l'absoudre; mais c'est un acte méri-
toire devant l'Éternel. En effet, je ne croirai jamais qu'un
ministre du Dieu de miséricorde doive laisser périr une créature humaine, quand, d'un mot, il peut l'arracher à la mort,
et quelle mort!.. vous frémissez!..

ALEXIS, *retombant dans l'égarement.*

Oui... cet échafaud... cette roue...

M. DUHAMEL.

Comme vous, j'ai horreur du sang et des supplices... Aussi
ai-je abjuré la qualité de juge. Je ne veux plus l'être que pour
proclamer l'innocence de Germain, et le rendre à la liberté.
Mais pour cela, il faut connaître et nommer le véritable criminel.

ALEXIS, *de même.*

Le connaître! le nommer!.. et les tortures!.. et les bour-
reaux!.. (*Revenant à lui, après un silence, et avec un accent solennel.*) Ordonnez que Germain soit libre, car il est innocent.

M. DUHAMEL.

J'en ai la conviction intime, mais cela ne suffit point. Où
s'est commis un crime, la justice veut un coupable. Le con-
naissez-vous?

ALEXIS.

Oui.

M. DUHAMEL.

Nommez-le.

ALEXIS, retombant dans son délire.

Ah ! je ne le puis !.. L'échafaud ! la roue !.. tout est là. Et vous, Monsieur, n'êtes-vous pas un juge ?

M, DUHAMEL.

Voyez-le donc, et à genoux, ce juge implorant le pardon du Ciel et de la Terre, pour avoir été une seule fois l'exécuteur de ces lois écrites avec du sang ; lois exécrables contre lesquelles se soulève sa conscience épouvantée. C'est à l'horreur qu'elles m'inspirent que je sacrifie mon état, mon avenir et celui de mes enfans ! et vous m'accuseriez d'avoir un cœur cruel, impitoyable !.. Oh ! par pitié, son nom ! son nom ! Je le tairai, j'en fais serment. Ce sera un infortuné sous la sauvegarde d'un honnête homme. Versez ce terrible secret dans le sein d'un ami. Nommez, nommez-moi le coupable.

ALEXIS, vaincu, mais après une vive et pénible résistance.

Le coupable !..

M. DUHAMEL.

Eh bien ?

ALEXIS.

Eh bien, c'est moi.

M. DUHAMEL, se relevant stupéfait.

Vous !..

<hr>

SCÈNE IX.

HONORINE, DUHAMEL, ALEXIS.

HONORINE pousse un cri perçant, et vient tomber aux pieds du Lieutenant-criminel.

Ah ! malheureux ! qu'as-tu dit !.. Le secret, Monsieur, le secret, je vous en supplie. Ne nous livrez pas à l'infamie.

Elle a dit ces dernières paroles au milieu des sanglots qui l'étouffent.

ALEXIS.

Imprudente ! qu'as-tu fait toi-même ?

M. DUHAMEL.

Relevez-vous, Madame. Calmez ce désespoir.

Il veut la faire asseoir.

HONORINE, retombant à genoux.

Non, Monsieur. Voilà la seule attitude qui me convienne en présence de notre juge.

ALEXIS.

Encore un peu de courage, ma chère Honorine, je t'en conjure. Nous touchons au terme. (*Honorine demeure à genoux et les mains jointes devant M. Duhamel. La mort est sur ses traits. — A M. Duhamel.*) Je vous ai dit mes malheurs, Monsieur ; vous savez tout ce que je dois de souffrances à l'avarice d'un oncle inhumain. Pour obtenir ce qu'il eût refusé à mes prières, je lui tendis un piége!..un piége infâme, j'en conviens... ce fut un crime. (*avec énergie.*) Mais c'est mon bien que je reprenais. (*aux genoux de M. Duhamel.*) Ah! Monsieur, vous l'avez promis, j'ai votre serment. Vous sauverez de l'infamie un couple infortuné ; vous ne voudrez pas que ma chère Honorine soit déshonorée... que mon fils au berceau n'ait d'autre héritage que la honte.

M. DUHAMEL.

Je tiendrai toutes mes promesses. Ne craignez rien de la justice des hommes. C'est à Dieu seul que vous aurez à répondre de vos fautes, et sa bonté vous tiendra compte d'un aveu qui sauve un innocent du supplice.

(*Le cri :* Grâce! grâce! vive le Roi! *se fait entendre de tous côtés, en dehors.*)

M. DE LIRAY, *en dehors.*

Oui, mes enfans! vive le Roi!

M. DUHAMEL,

C'est la voix du Marquis.

SCÈNE XI.

M. DUHAMEL, M. DE LIRAY, ALEXIS, HONORINE,
LA PRÉSIDENTE.

M. DE LIRAY.

Oui, mes amis! la voilà! la voilà! Mais, corbleu! ce n'a pas été sans peine.

M. DUHAMEL.

M. d'Ambreville, vous partirez cette nuit pour Bruxelles. Pendant votre absence, nous ferons annuler des vœux illégaux, et nous vous rendrons les droits que votre mérite vous assigne dans la société.

LA PRÉSIDENTE.

Je prendrai soin de votre jeune épouse.

ALEXIS, *se prosternant devant M. Duhamel.*

Monsieur ! je n'ai pas d'expressions...

HONORINE.

Ah ! Madame...

M. DE LIRAY, *à M. Duhamel.*

Venez, mon ami ; allons embrasser mon pauvre Germain.

LA FOULE, *qui est aux croisées.*

Vive M. de Liray ! vive notre bon Président !

FIN.